# Uma noite com Sabrina Love

# Pedro Mairal

# Uma noite com Sabrina Love

tradução
Livia Deorsola

**todavia**

Uma noite com Sabrina Love 7

O sobrinho de Bioy  147

# Um

Como ainda não tinha começado o *Show de Sabrina Love*, Daniel percorria os sessenta canais da tevê a cabo roubada, deixando as imagens durarem apenas alguns segundos. Um locutor, o fundo do mar, umas girafas, um carro perseguindo outro, mulheres venezuelanas falando, lava vulcânica, as estradas na madrugada da Espanha, um homem com cara de terror, mãos decorando um bolo. Passamos ent. Você nunca poderá. Most incredible and amaz. Tástrofe dos úl. Allóra il vècchio. Um corte super. A planície do. Pare, Laurita. Uma só história a toda velocidade, na qual o sol do mapa meteorológico via satélite brilhava sobre um documentário do Quênia, onde copulavam leões mostrando os dentes na mesma posição que o casal americano do canal pornô, que também mostrava os dentes e fechava os olhos como se quisesse esquecer da imagem do noticiário em que aqueles iraquianos apontavam metralhadoras para o goleiro argentino que caía de joelhos e levantava os braços porque sabia que iam fuzilá-lo e então via toda sua vida em um só clarão, começando pelos desenhos animados da infância. Uma história infinita que Daniel acelerava como se tentasse apressar o tempo que faltava para o programa de Sabrina Love. Só parava no beijo de algum casal que começava a tirar a roupa na penumbra azulada de um filme B, rogando que fosse longa a tomada do fogo na lareira fundida com a fachada de um edifício em pleno dia seguinte, quando a atriz faria um grande esforço para manter o lençol na altura das clavículas.

A luz da tevê diminuía e aumentava o quarto, fazia aparecer caretas estranhas nas mulheres nuas dos pôsteres grudados nas paredes, enrugados pela umidade das chuvas que tinham feito transbordar os rios do Litoral* até bloquear a estrada estadual que ligava a cidade de Curuguazú a Buenos Aires. O calor da noite era como o hálito de um animal imenso. Sentado na beira da cama, Daniel matava os mosquitos e mudava os canais apertando os botões do conversor com uma agulha de tricô. Enquanto permanecia olhando um programa, fazia a agulha zumbir no ar com uma cadência hipnótica, sem desviar o olhar da tela. Na outra mão segurava um papel com um número anotado: 2756. De vez em quando, se detinha no canal erótico. Agora eram duas mulheres lambendo-se sem parar à beira de uma piscina. Já tinha visto aquele filme. Faltavam dois coitos mais as correspondentes cenas com diálogos no meio, os créditos e, depois, por fim, o *Show de Sabrina Love*.

Saiu do quarto e fechou a porta com uma chave que guardava no bolso. Atravessou o quintal às escuras com seu andar adolescente, meio desarticulado, como se o esqueleto nele ficasse dois tamanhos maior. Ouviam-se os cães do quarteirão latindo na sombra cálida. Foi até a cozinha e abriu a geladeira. Ficou sentindo o frio, olhando potes e sobras. Tirou apenas um garrafão de água e fechou. Escutou os passos curtinhos de sua avó e a batida de dois tempos do andador.

— Danielzinho, é você?

— Sim, vó.

— O que está fazendo acordado?

— Estava com sede.

---

* Na Argentina, a região chamada Litoral fica no nordeste do país e engloba as províncias de Misiones, Corrientes e Entre Ríos. [N. T.]

Na penumbra, viu-a se aproximar devagar, o corpo vencido, os braços frágeis mas ainda com força para erguer o andador.

— Quer que prepare algo para você?

— Não, vó, tenho que dormir — ele disse, e tomou a água em grandes goles.

— Você trabalha amanhã?

— Sim, daqui a duas horas, às cinco.

— Mas, Daniel, você é notívago, está sempre em claro. Sua mãe contava que você nasceu...

— ... com os olhos abertos.

— Sim, com os olhos abertos. Trate de dormir um pouco — disse, e ajeitou-lhe a franja para um lado, passando-lhe a mão por sua bochecha.

Suportou o carinho, disse "até amanhã" e saiu para o quintal, apressado.

— Danielzinho, à tarde sua irmã vem fazer a limpeza, não deixe a porta trancada.

Daniel entrou no quarto e passou o trinco por dentro.

Sentou-se na beira da cama. O *Show de Sabrina Love* estava começando. A apresentação, com música efervescente, alternava imagens dela em diferentes posições e com trajes especiais, para realizar as fantasias eróticas mais diversas. Era uma mulher loura, alta, com uma cabeleira de dinamarquesa eletrocutada, lábios vermelhos quase saltando do rosto, peitos dadivosos e uns quadris amplos, que, quando ela aparecia estirada na cama, lhe davam um ar de égua voluptuosa deitada ao sol. Hoje apresentava seu programa de uma jacuzzi. Convidava o ator sex symbol do momento a mergulhar com ela para uma reportagem na qual conseguia deixá-lo desconfortável com todo tipo de sugestão, soltava matérias estrepitosas, feitas em sex shops, opiniões de sexólogos, fragmentos de sua participação em diferentes filmes censurados, respondia consultas com conselhos úteis para a alcova, tudo com uma alegria e uma inocência inigualáveis. "E agora, meus queridos e divinos mamíferos", ela dizia juntando os peitos com os antebraços, "vamos ao que todos estão esperando: o sorteio para ver com quem vou passar uma noite aqui, no Hotel Keops, a sós, nós dois pegando fogo." Agora engatinhava, de cinta-liga e corpete preto, sobre uma montanha de papéis que transbordavam de um aquário de acrílico. "Nossa, quantos homens," dizia enquanto os remexia, "e pelo que a produção me disse, também há mulheres, então pode vir uma surpresa." Daniel olhava seu número.

Tinha telefonado um mês antes, quando conseguiu ver o programa depois de algumas manobras clandestinas, desencadeadas na tarde em que subiu ao telhado para consertar a antena, que não captava bem a transmissora local, e notou que, sobre a parede divisória, havia um cabo novo, azul, conectado à casa dos vizinhos; era a transmissão a cabo recém-trazida de Buenos Aires. Algo que pouquíssimos tinham em Curuguazú. De madrugada, fez uma conexão com um cabo coaxial e o puxou até seu quarto. Precisava de uma televisão. Tirar a da sua avó teria significado privá-la de sua única distração. Foi ver o Gordo Carboni, que, como era de conhecimento geral, guardava mercadorias suspeitas. Lá pelos lados das chácaras, em um galpão repleto de pedaços de automóveis e eletrodomésticos usados, venderam-lhe pela metade de seu salário um televisor com o tubo frouxo e um conversor de canais.

— Você ajusta um pouco aqui, conecta dois ou três cabinhos dentro e não vai ter problema. O conversor é quase novo. Fico te devendo o controle remoto.

— Com isso vêm todos os canais? — Daniel perguntou, já abraçado ao aparelho.

— Sim, o pornô também — disse o Gordo Carboni. Despachou-o, fechou a porta de metal e, sob o sol, na rua de terra, Daniel o ouviu gritando, debochado:

— Você vai ficar cego, seu safado!

Mas ele sabia que isso não era verdade. Durante a tarde, consertou a televisão, desmontou o conversor para ver como funcionava e voltou a montá-lo. Nessa noite, tendo tudo conectado, passado o espanto diante das primeiras imagens do canal para adultos, entendeu que já não seriam as revistas compradas com embaraço na banca do terminal, com fotos de mulheres que sua imaginação tinha que se dar ao trabalho de articular — agora seria uma corrente erótica contínua a levar até seu quarto aqueles corpos em todas as suas posições e sussurros, e se entregou com felicidade a um onanismo veranil que, longe de deixá-lo cego, o fez ver pela primeira vez os segredos mais recônditos de sua existência.

Quando viu o programa de Sabrina Love e soube do concurso, telefonou para o 0900 que indicavam na tela e, depois de deixar seus dados, uma voz gravada ditou-lhe esse número que agora segurava na mão com um leve tremor. Observava como Sabrina Love revirava a montanha de papéis e dizia: "É uma pena não poder atender a todos, meus amores. Agora vou pedir aos meninos da produção que joguem os papeizinhos para o ar, e o que cair no meu decote será o ganhador". Dois sujeitos musculosos a ajudaram a ficar de pé e começaram a remexer grandes pilhas de papéis que caíam feito uma tempestade sobre ela, que movia os ombros, levantando de leve os peitos, até que, enfim, um papelzinho pousou no corpete de renda. Ela esperou todos os outros caírem. Olhou para baixo, onde estava o papel, olhou para a câmera, pegou-o entre os dedos e disse: "Vamos ver quem é este travesso. Bem. Em um quarto do Hotel Keops, com tudo pago, só nós dois, vamos passar uma noite inesquecível, eu, Sabrina Love, a primeira porn star argentina e…". Daniel olhou seu número: 2756. "Ai, que lindo! Não vou dizer o nome para evitar indiscrições com alguma esposa ciumenta, mas é um homem, dono do número dois mil setecentos e cinquenta e seis." Daniel ficou paralisado, pensou que tinha ouvido mal. Sabrina Love festejou dançando ao som de uma música de saxofones aveludados e depois disse: "O ganhador deve se lembrar de que tem vinte e quatro horas para entrar em contato com a produção. Nós não telefonamos, porque talvez o ganhador prefira que seja um segredo entre mim e ele. Então, dois mil setecentos e cinquenta e seis, meu amor, lindo, te espero, pra gente fazer tudo o que você imagina e, até lá, te deixo guardadinho aqui". Pôs o papel no decote e encerrou o programa com o striptease de sempre.

Daniel ficou estático, com as mãos na cabeça. Depois olhou ao redor, no quarto, e sorriu nervoso. Subiam os créditos do *Show de Sabrina Love*. Desligou a televisão. Deitou-se na cama vestido e se cobriu totalmente. Não conseguia acreditar. Ficou em silêncio, assustado. A noite de verão já se extinguia no canto ainda escuro de algum galo.

# Dois

Tinha a altura dos frangos e tentava abrir passagem entre eles, trombando, ensurdecido pelo piar sem fim, recebendo golpes de asas desses animais enormes, de cristas e patas escamosas, monstros pré-históricos com garras, de bico duro e assassino. Procurava pela porta, mas era impossível alcançá-la, estava preso entre as plumas e os cangotes rosados. Todos juntos tentavam fugir de um perigo que ninguém via. De repente sentia que o escolhiam entre a multidão de frangos, era justo ele o eleito, e agora uma mão o capturava... Acordou. Tinha amanhecido. Sem trocar de roupa, pulou da cama, saiu do quarto, trancou a porta e, no quintal, ergueu sua bicicleta. Atravessou a lavanderia e foi para a rua com um boné laranja que dizia Zaychú. Pedalou a toda velocidade pelos quarteirões de casas baixas recém-iluminadas pelo sol, cruzando de vez em quando com algum ciclista que também ia ao trabalho. Largou a bicicleta e entrou correndo no frigorífico.

— Atrasado, Montero — disse Parini, o chefe da equipe.

— É que pensei que a estrada continuava interditada e que não tinha caminhões — desculpou-se.

— Correto, mas você tem que estar aqui na hora certa do mesmo jeito, ainda que não venha um só caminhão o dia todo. Entendeu? Dê uma repassada nestes números.

Daniel se lembrou do 2756 no decote de Sabrina Love. Tinha ganhado. A cara de Parini, os frangos vivos e os congelados, as entradas e saídas de caminhões, a estrada interditada... De repente tudo isso ficou muito pequeno. Embora a estrada interditada fosse, sim, algo para se ter em conta. Não sabia como faria para sair de Curuguazú nem quando seria o encontro. Teria que conseguir dinheiro para viajar, e ainda havia a estadia em Buenos Aires... Recebeu ordens para revisar os termômetros dos galpões com frangos em torno do frigorífico. A expectativa da noite com Sabrina Love fazia com que todos os atos não relacionados a esse objetivo tivessem algo de irreal. Via-se abrindo as portas dos galpões, anotando as temperaturas dos termômetros na planilha, caminhando entre os frangos com seu avental sujo e a viseira, dando-lhes pontapés com insultos quando eles se amontoavam e não o deixavam passar. Pareciam movimentos sem sentido. O mesmo que ver alguém limpando a coberta de um barco que está afundando. Passou a manhã toda assim, distante de suas próprias ações, observando-se realizar as tarefas absurdas que Parini ia inventando à medida que as terminava, porque não havia trabalho de verdade até que a água baixasse e os caminhões pudessem passar.

Ao meio-dia, Parini saiu e Daniel pôde aproveitar sua ausência para ligar para a produção do programa, em Buenos Aires, de um escritório vazio. Deu ocupado e não pôde ficar tentando. Quando Parini voltou, disse:

— Montero, amanhã não precisa vir. Até a água baixar, aqui nada acontece.

— Vai ter pagamento? — perguntou Daniel.

— Não, está tudo paralisado.

— Desculpe, mas eu ia precisar do dinheiro.

— E quem não precisa, Montero?

— Mas...

— São razões de força maior — disse Parini. — Não insista. E se quiser jogar a culpa em cima de alguém, jogue na negligência argentina. Se tivessem construído a estrada na altura em que os ingleses fizeram a ferrovia, tudo estaria bem. Mas devem ter falado "mas, claro, asfaltamos e pronto, até aqui certeza que a água não vai chegar", e assim estamos, na ponta dos pés para poder respirar. Em resumo, quem se importa com os frangos neste país? Já com o Carnaval... Se a cheia continuar até o período do Carnaval, são capazes de fazer tratativas com os extraterrestres para que eles levem a água embora. É de foder. Então amanhã não venha, Montero. Entendeu?

Parini saiu outra vez. Daniel entrou no mesmo escritório e discou de novo o número. Atento ao som do fone, olhou pela janela. No terreno baldio ao lado, um cavalo zaino, amarrado a uma acácia com uma corda longa, pastava tranquilo, espantando as moscas com a cauda. Em outra corda, penduradas, roupas íntimas brancas de mulher secavam ao sol. O telefone não tocou quase nada e uma voz rouca de homem o pegou de surpresa.

— Produção. Pode falar.

— É... Sim, é... Sou o ganhador do sorteio.

— Nome?

— Daniel Montero.

— Até que enfim — disse a voz rouca. — Você não sabe a quantidade de sujeitos que ligaram aqui dizendo que tinham ganhado. Bom, Montero, me diz direitinho o número do documento que você nos deu e tá feito.

Daniel passou o número.

— Perfeito. Sabrina te espera no sábado que vem, às onze da noite. Você é maior de idade, né? Olha que não quero ter problemas.

— Tenho dezoito.

— E seus pais não vão causar confusão?

— Não tenho pais, morreram.

— Ah, melhor, melhor. Bom. Sabe onde fica o Keops?

— Não.

— Azcuénaga, dois mil, na capital. Traga o documento. Sábado que vem, às onze da noite. Azcuénaga, dois mil. Fechado?

— Fechado.

— Bom, Sabrina vai estar te esperando na suíte nove. Atenção, limpinho, hein, garoto?

— Sim, sim.

— Perfeito. Tchau.

— Tchau.

Desligou. Era quinta-feira. De algum jeito tinha que juntar dinheiro e sair de Curuguazú para estar em Buenos Aires no sábado.

Tirou o avental e saiu de bicicleta em direção ao centro. O sol caía a pique e deixava o ar sufocante. O comércio já começava a baixar as cortinas para a sesta. Pedalou devagar, com os braços cruzados, sem se segurar no guidão, repetindo "Sábado, às onze. Azcuénaga, dois mil. Suíte nove". Achou bom que fosse às onze. Perguntou-se se seria até a madrugada. Também gostou da coisa da "suíte nove", a palavra "suíte", embora não soubesse exatamente o que queria dizer, parecia digna de Sabrina Love.

Na metade de um quarteirão, subiu na calçada e, sem descer da bicicleta, parou na frente da janelinha do terminal de ônibus. Disseram-lhe que o transporte de passageiros a Buenos Aires funcionava com dois ônibus, um que chegava até a beira d'água, onde uma lancha cruzava as pessoas por grupos, e outro que os esperava do outro lado. A passagem de ida custava cinquenta pesos. Daniel perguntou os horários e seguiu pedalando algumas quadras mais até o centro. Foi visitar seu irmão. Tocou a campainha de uma casa com janelas altas e grades. Esperou um pouco. Voltou a tocar. Seu irmão abriu a porta de cueca, descabelado e com a cara inchada de sono.

— Como você me aparece aqui a esta hora, Frango. O que você quer?

— É meio-dia e meia — disse Daniel.

— Não foi você que tocou a campainha agora há pouco?

— Não.

— Puta que pariu.

— E María Teresa?

— Dormindo. Não faça barulho. O que você quer, *che*?

— O telefone do Ramiro em Buenos Aires.

— Para quê?

— Porque vou pra lá — disse Daniel.

— Para quê?

— Conhecer.

— Ele não tem telefone, mas te dou o endereço — procurou em uma caderneta e anotou em um papel. — Toma. Não vá aparecer assim, só para dizer que vai ficar para dormir, pergunte se pode, se tem lugar, essas coisas.

— Tá — disse Daniel.

— Ele é meu amigo, Frango, não seu.

— Tá bom, tá certo. Mas ele está me devendo cem pesos da moto. Você tem algum dinheiro para me emprestar? — pediu Daniel.

— Eu que não consigo trabalho e é a mim que você pede dinheiro?

— É que no Zaychú não vão me pagar até que a estrada seja liberada. Preciso de cinquenta pesos.

— Não tenho, Frango. Quando você vai?

— Não sei, assim que puder.

Despediu-se desanimado e foi até o Fígari, que tinha um serviço de kombis que iam para a capital. Na rua, a luz recrestava a cor das coisas com um reflexo branco. Bateu na porta de uma casa. A mulher que abriu disse que Fígari estava no bar da esquina.

Daniel o viu da janela. Falava com alguém que estava de costas. Deixou a bicicleta do lado de fora, afastando com as mãos as tiras de plástico colorido que formavam uma cortina na porta, para evitar que entrassem moscas. Quando o cumprimentou, viu que quem falava com Fígari era o Gordo Carboni.

— O que quer? — disse Fígari.

— Quanto custa a passagem de kombi até Buenos Aires?

— Vinte.

— Me reserva um lugar para a tarde?

— O que você pensa que eu tenho, uma frota de barcos? São kombis, garoto, não lanchas.

O Gordo Carboni observava a cena achando graça; estendeu a mão a Fígari, que se despedia e ia embora. Depois olhou para Daniel e disse:

— Deu certo, a televisão?

— Sim.

— O canal pornô também?

— Sim.

— E você não ficou cego?

— Não — disse Daniel, virando-se para sair.

O Gordo Carboni o pegou pelas mãos.

— Deixe ver as palmas. O que você fez? Raspou?

Daniel se soltou. O Gordo Carboni estava nas primeiras cordialidades alcoólicas.

— Sente aí, que vou te dizer como ir a Buenos Aires. Tome uma cerveja.

— Não tenho dinheiro.

— Você é meu convidado — respondeu e pediu uma cerveja.

Daniel sentou-se.

— Para que você quer ir a Buenos Aires?

— Coisa minha.

— Coisa sua, tá. Olhe só, aquela conversa dos dois ônibus é uma sacanagem para te cobrar mais caro, com a desculpa de que eles têm que pagar quatro motoristas em vez de dois, além da viagem de lancha. Isso é o que eles dizem. Não são mais do que duzentos metros, porque a água já está baixando, e eles te levam em uma canoa com motor. Então esqueça isso. O melhor é você ir aqui do lado do balneário, onde o Racano tem a balsa. Todas as manhãs, às cinco, a balsa sai rio abaixo. Por poucos pesos, te leva até a ponte da rodovia federal. Ali tem que pedir carona. Mas vou te explicar como.

Daniel encarou seus olhos opacos. Carboni fazia uma pausa depois de cada coisa que dizia, como se desse tempo às palavras para que elas se acomodassem na cabeça do outro.

— Você não vai pedir carona assim, no meio da estrada. Tem que ir aonde os carros e os caminhões freiam e perguntar se eles podem te levar. Isso de pedir carona no meio da estrada é papo furado, coisa de filme. O fulano que vem a cento e setenta está em outra dimensão, não vai frear para pegar um maluco que caminha no meio da pista, tá me entendendo? Você vai é para um posto de serviço ou algum lugar onde estão estacionados, e então você pergunta se a pessoa pode te levar. Os que mais aceitam são os caminhoneiros. Se você notar que o caminhoneiro é paraguaio, não suba, são uns marginais. E à noite você se manda, porque se ninguém te deu carona até escurecer, nem perca tempo. À noite ninguém topa levar gente, então é melhor caminhar. Eu, uma vez, sem perceber, andei de Holt até perto das pontes. Quando amanheceu e vi onde estava, não podia acreditar. Se você pegar carona e a pessoa te levar direto para Buenos Aires, em meio dia você chega. Se quem estiver dirigindo conversar com você, você conversa de volta, se vir que fica calado, feche o bico. Comigo, teve um que, vendo que eu não ficava quieto, não parava de perguntar coisas, quando parou em um posto e eu fui dar uma mijada, me deixou lá plantado — o Gordo Carboni olhou para o lado, como que recordando, e riu. — É, rodei por aí. Quando o trem ainda estava em funcionamento, viajei umas duas vezes pendurado. Quando via o guarda se aproximar, subia para o teto. Eram aqueles vagões marrons e compridos. Demorava quase um dia todo, parecia que não chegava nunca. Viu como está a estação agora? Não sobraram nem os trilhos. Faz muito bem em se mandar daqui. Aqui é uma cidadezinha de merda. Olhe só o que é: — ele falava, apontando a rua com o queixo — tudo morto. Não acontece nada. Se quiser afanar em Curuguazú, não faça isso de noite, tem que afanar na hora da sesta, que ninguém se dá conta. Durante a sesta você pode afanar até a estátua de San Martín, com cavalo e tudo; pode roubar a catedral, se quiser. Olhe só, não vá dizer isto pra ninguém: a televisão, aquela que você comprou, era do padre Vilariño. Numa sesta de sábado, pulei o muro do colégio, entrei na sala de jantar do padre e pus a televisão nas costas, com conversor e tudo. O cara dormia no quarto ao lado. Ninguém se tocou. Nem Deus me viu. E ele deve pensar que foi Deus que tirou a televisão dele, pra castigar, porque afinal ele tinha o conversor para ver o canal pornô. Não venha me dizer que, quando assistia à tevê, ele pulava o pornô. Por isso mesmo é que essas coisas são para os padres que não trepam. Você, quantos anos tem?

— Dezessete — disse Daniel.

— E ainda não trepou?

— O que você tem a ver com isso?

— Então não trepou ainda — disse o Gordo Carboni. — Com a grana que gastou para ver os outros metendo pela televisão, você mesmo poderia meter, ao vivo e em cores, no Sussurros, pelo menos quatro vezes. Tem umas garotas lindas lá.

— Valeu a pena mesmo assim — disse Daniel, tomando um gole de cerveja.

— Ah, é? Por quê? — perguntou o Gordo Carboni.

— Coisa minha — disse Daniel.

— Coisa sua. Pode até ser, mas você não pode passar a vida toda sendo um abelhudo. Vai acabar como o bobão do filho da Mirta, a que era casada com o Salinas. O garoto tem uns vinte anos e não sabe falar, tem uma cara assim, de carneirinho aluado. Ele às vezes desaparece durante a sesta e até que não escutem gritos em alguma casa, não sabem onde está. Porque ele se enfia nas casas e fica olhando as garotas dormirem. Só olha. Não toca nelas. Senta-se na cama e fica quieto. E não pense que olha qualquer uma, escolhe as mais bonitas. O irmão do Capi quis matá-lo. Pegou ele olhando para a Bety, a mulher dele, que foi princesa no bloco Alegria, lembra? Uma vez, ele entrou no quarto e viu que ela estava dormindo nua, e o maluquinho lá, olhando para ela. Enxotou o rapaz a tiros de espingarda, mas não acertou. Por isso disseram para a mãe dele que era preciso deixá-lo preso por um tempo, e como ela não concordou, lhe perguntaram: O que a senhora prefere, passar um ano chorando ou a vida toda? Porque alguém vai acabar dando cabo dele.

Daniel observou o bar. Eles eram os únicos clientes. Dois ventiladores não faziam nada além de espalhar ar morno. Em uma ponta do balcão havia uma vela apagada, derretida sobre o metal; na outra, um homem calvo acomodava em um aparador alguns copos de vidro grosso ainda molhados. Depois de um bocejo, Daniel disse:

— Tenho que ir embora. Obrigado pela cerveja.

— Vá tranquilo. Boa sorte na estrada.

Em casa, cruzou com sua irmã Viviana, que estava estendendo a roupa no quintal. Olhou-a pela janela da cozinha, enquanto comia de pé o arroz que tinham deixado preparado. Notou que ela tinha cortado os cabelos. Saiu e lhe disse oi.

— Daniel, você pode abrir a porta do seu quarto? Assim limpo um pouco.

— Você cortou os cabelos.

— Cortei. Pode abrir?

— Não.

— Por que não quer abrir? Não vou me assustar por causa de uns pôsteres de mulher pelada, já os vi faz tempo.

— Não é por isso.

— E é por que, então? O que você tem ali?

— Eh... tenho drogas, armas, uma pessoa sequestrada...

— Não seja bobo.

— São minhas coisas. Minha vida privada. Eu limpo, não se preocupe. Me empresta cinquenta pesos?

— Daniel, tínhamos combinado que, agora que você terminou o colégio, ia começar a ganhar seu dinheiro. O que aconteceu com o frigorífico?

— Não tem trabalho até que a estrada seja liberada.

— Mas eu não posso continuar pedindo dinheiro ao Emilio para dar ao meu irmãozinho. Lembre-se de que ele paga as contas da avó, os impostos desta casa, a comida. A única coisa que pedimos é que você tenha seu próprio dinheiro para gastar.

— Não estou pedindo para você me dar, eu vou devolver.

— E para que você quer dinheiro com tanta urgência? — ela perguntou.

— Vou passar uns dias em Buenos Aires.

Começou uma discussão. Viviana não queria deixá-lo ir. Daniel dizia que não precisava de sua permissão. Por fim entrou no quarto, anotou em um papel os dados que tinham lhe dado por telefone e se atirou na cama, para dormir por algumas horas.

Às seis, quando saiu outra vez, sua irmã já tinha ido embora. As ruas estavam mais vivas. As pessoas tomavam mate na calçada, passavam carros, motos e bicicletas. Caminhou até a rua principal. Nas escadas da esquina do velho edifício dos correios, encontrou alguns de seus amigos sentados, fumando. Chamaram-no para um cigarro, então ele se juntou a este estado de observação minuciosa, dedicada à menor alteração no fluir cotidiano para fazer um comentário. "Olha só os pneus que o Negro Sosa colocou no Chevy." "O irmão do Horacio trocou de moto?" "Aquela é a amiga da Fabiana que veio de Misiones." "*Che*, sabe que ontem à noite fui à casa do Ariel, que tem tevê a cabo, e ficamos vendo o programa pornô da Sabrina Lóvi." Daniel ficou estático. "Ela sorteou um nome para passar a noite com ela. Sabe lá o que deve ser isso? Que fêmea, irmão! Ela tem um lombo que te agarra e te desarma. E Ariel tinha telefonado, tinha número e tudo, mas não passou nem perto. Pensa na galopada que vai lhe dar o sujeito que ganhou." Daniel olhou sério para ele, depois desviou o olhar para o céu e continuou fumando.

— E você, o que foi? — perguntou o amigo.

— Nada — disse Daniel. — Alguém quer ir comigo ao calçadão?

Fernando, um baixinho que usava uns óculos escuros, levantou-se e acompanhou Daniel, olhando as meninas que passavam pela calçada ou em motos pela rua, voltando-se até perdê-las de vista. No calçadão havia mais mulheres. Adolescentes que andavam em grupo ou funcionárias do comércio. "Tetas às onze", lhe dizia Fernando com o método que tinham visto nos filmes, para indicar aos aviadores a direção em que estava o avião inimigo. E Daniel, como se estivesse no centro do círculo de um relógio, olhava para as onze e via aproximar-se uma garota com peitos altos e abundantes, que tremiam levemente dentro de uma camiseta curta que deixava o umbigo à mostra. "Calcinha às seis", dizia Daniel, e ambos, sem parar de andar, davam uma olhada certeira para a cliente de uma sapataria que, de minissaia, experimentava sandálias sentada em um banco baixo.

Caminharam de ponta a ponta várias vezes sem que nada lhes escapasse. Na sorveteria, Fernando pediu um sorvete de cereja, sabor do qual embora não gostasse muito, estava em um lugar que obrigava a moça a se inclinar bastante para a frente para afundar a colher no pote, revelando que não usava nada sob o avental azul-claro.

Fernando tomou o sorvete sentado no encosto de um banco, com os pés no assento. Perguntou a Daniel se ele queria pescar no dia seguinte. Daniel disse que não podia, porque viajaria a Buenos Aires. Esteve a ponto de revelar o motivo da viagem, mas disse apenas que queria conhecer a capital e que iria de carona. Fernando se entusiasmou e propôs acompanhá-lo. Depois de oferecer resistência com algumas advertências, Daniel acedeu.

— Olha que vou passar cedo — disse Daniel.

— Atire uma pedra na minha janela, assim acordo. O que levo? Uma mochila?

— Sim — disse Daniel —, não leve muito peso.

Despediram-se na esquina da praça. O céu tinha ficado rosado. Daniel andou pela trilha de lajotas entre as palmeiras. Viu o padre Vilariño passar de bicicleta com a batina tremulando, e se lembrou do Gordo Carboni e do aparelho de tevê. Prolongou a volta para casa com passos lentos, olhando passarem os carros com as primeiras luzes acesas, assobiando, com as mãos nos bolsos, a música do *Show de Sabrina Love*.

# Três

Dormiu aflito, com as preocupações deformando-se em sonhos. Em certo momento pensou que talvez fosse melhor não ir, ainda mais porque a estrada que tinha que pegar era a mesma onde morreram seus pais, e, além disso, se chegasse a Buenos Aires, não saberia como se deslocar pela imensidão de ruas desconhecidas, nem o que aconteceria caso o amigo de seu irmão não o deixasse ficar para dormir. O que mais o assustava, porém, e acabou confessando a si mesmo, era o encontro com Sabrina Love; ela devia estar disposta a se deitar com um homem experiente, e não com um adolescente que nunca tinha estado com uma mulher. Sabrina Love, a estrela do amor, em vez de empregar seu conhecimento, teria que se limitar a ensinar a ele as coisas básicas, embora isso talvez não fosse tão ruim; pensando bem, sua cena favorita dos filmes da atriz era uma em que ela era uma professora e obrigava um aluno a ficar depois da aula. "Não devo olhar mais as pernas da professora Sabrina", ditava-lhe ela, sentada de pernas cruzadas numa mesa. "Não devo olhar as partes traseiras da professora Sabrina enquanto ela escreve na lousa", e ela parava de costas para ele, rabiscando com giz e levantando devagar o avental branco e curto até aparecerem suas nádegas douradas e redondas, feito dois planetas siameses. Finalmente o aluno a penetrava por trás enquanto ela, reclinada sobre a mesa, comia, entre uivos e grandes dentadas, a maçã que ele tinha lhe dado de presente.

Não esperou que soasse o despertador. Assim que viu desenhar-se na janela um retângulo azul, se levantou e começou a se vestir desajeitadamente, despenteado, com um ar de marionete sonâmbula. Depois juntou o papel com os endereços, os vinte pesos que lhe sobravam, a malinha que tinha preparado com pouca roupa e alguns sanduíches, e saiu de casa tomando cuidado para não fazer barulho.

Caminhou na penumbra azul das ruas. Os pássaros ainda não tinham começado a cantar. Fechou a jaqueta jeans para se proteger do ar fresco da aurora e pôs-se a caminho da casa de Fernando. Ao contornar o cemitério, um filhote de cachorro branco se aproximou dele com a cabeça baixa, como se pedisse algo para comer. Daniel afagou sua cabeça, o cachorro lhe fez festa e o seguiu. A janela de Fernando ficava no andar de cima de uma casa com um jardim bem cuidado, com anões e cisnes de gesso. Daniel pegou uma pedra redonda, jogou o braço para trás para jogá-la contra a veneziana, mas não concluiu o movimento. Ficou assim, hesitando, com o braço levantado. Por fim guardou a pedra no bolso, como um talismã, e se afastou sozinho até o rio.

Das ruas de terra avistava-se a água. Percorreu os últimos quarteirões. Algumas casas conservavam as calçadas altas de antigamente, para evitar o barro. Alcançou a trilha de pedras onde havia uma barragem de sacos de areia para manter a linha crescente. Viu os portões da praça do parque submersos na água, os travessões de futebol, as hastes e as cordas dos balanços e só a ponta dos escorregadores aparecendo na superfície, os salgueiros agitados pela correnteza. As copas de outras árvores surgiam como mãos de um afogado. Entre os eucaliptos vagavam fragmentos do nevoeiro. O rio transbordado cobria tudo e enchia o ar com um cheiro de barro úmido. As últimas esquinas estavam afetadas pela margem, que avançava turva. O busto do poeta da cidade erguia seu olhar de desespero silencioso com a água na altura dos lábios.

Caminhou. Os pedregulhos soavam sob os tênis. O sol estava quase despontando. De repente percebeu que a água tinha coberto a parte do caminho que lhe faltava percorrer para chegar à terraplenagem onde a balsa estava presa. Uma carroça com rodas de automóvel, conduzida por um homem, passou por ele com uma saudação quase imperceptível. Depois parou. O homem se virou e disse:

— Vai para a balsa?

— Ahã — disse Daniel.

— Se quiser, levo você.

Daniel subiu na carroça. O homem afastou umas bolsas para fazer lugar no assento. O cavalo pisava na água com desconfiança, averiguando a terra firme sob seus cascos. Daniel ouviu um latido e viu que o filhote branco o tinha seguido e estava agora latindo da beira d'água.

— O cachorro é seu?

— Não — respondeu Daniel.

Andaram assim por um tempo, em silêncio. De súbito, Daniel se assustou: sob suas pernas, algo em uma bolsa começou a se mexer e no chão da carroça caiu um bagre enlameado e grande, que se debatia em desespero. O homem sacou uma faca e o golpeou na cabeça com as costas dela, até que ele ficasse imóvel.

— São difíceis de morrer, essas porcarias — disse.

— Pegou no remanso?

— Não, em Paso de Jaime. Esses grandotes vêm do norte, com a cheia.

Daniel ficou olhando o peixe tigrado, de longos e pegajosos bigodes e aguilhões nas barbatanas. Parecia-lhe que os olhos redondos o observavam, como se o estivessem culpando. Com a ponta do tênis, o empurrou para ver se ele se mexia, mas o peixe estava morto. Olhou para a água turva. Passaram perto de uma casinha armada sobre um montículo de terra e areia que sobressaía da água, rodeada de animais amontoados: gansos, galinhas, porcos e dois cavalos magros. Ao lado, num bote, um menino com camiseta do Boca Juniors acomodava algumas redes.

Depois viram a balsa, de longe. Em um aterro comprido havia gente começando a subir com animais. Quando chegaram, Daniel pulou para a terra fofa. Uma mulher que estava esperando desceu as bolsas sem falar nada. O homem se despediu e foi embora pelo mesmo caminho por onde tinha vindo.

A balsa era como um curral flutuante para animais, feita de largas pranchas e tubos armados sobre tambores de plástico azul. Subia gente com leitões, algumas ovelhas, cestos com galinhas; um garoto levava duas lontras em uma gaiola; um homem fez subir um pequeno cavalo mouro que, temeroso quanto ao piso oscilante, não parava de resfolegar. Eram pessoas que tinham perdido a casa sob a água e se dirigiam a algum lugar seco com as poucas coisas que conseguiram salvar. Tinham colchões enrolados com roupas, sacos cheios de cebola, batata, milho, algumas cadeiras e panelas. O dono da balsa, um homem velho, organizava as pessoas e os animais tentando colocá-los em lugares estratégicos, para equilibrar o peso. Daniel subiu por último, envergonhado pela diferença quanto ao motivo de sua viagem, mas quando o velho lhe pediu que soltasse as amarras e ele o fez, e então notou que a embarcação se separava da margem, sentiu que esse movimento o aproximava de Sabrina Love, e não pôde deixar de sorrir.

Desceram arrastados pela correnteza junto a grandes troncos, ilhas de camalotes e uma espuma arenosa. O velho guiava a balsa com uma vara comprida, que usava também para dar impulso nas regiões rasas. Adivinhava-se o curso do rio por uma linha sinuosa de copas de árvores desenhada na margem submersa. Daniel sentou-se em uma das divisões dos pequenos currais. Já havia saído o sol. Depois se aproximou do velho para perguntar quanto tempo faltava para passar sob a ponte da estrada. O velho respondeu que, se a água continuasse levando-os com força, seria ao meio-dia. Ele tinha que ir até as ilhas, porque lá estavam seus três filhos com uma lanchona que os transportava até o porto Charay. Ali desembarcavam as pessoas e depois levavam rio acima a balsa vazia outra vez, até o balneário. Havia quinze dias que transportava gente cuja casa fora inundada. Contou que no dia anterior, quando voltavam, viram que tinha subido na balsa uma capivara que devia estar perdida, sem encontrar terra firme onde descansar. O animal viajou vários quilômetros suportando o medo do motor, contando que se salvasse; quando sentiu o cheiro de terra, voltou a mergulhar. Daniel olhava para o velho com atenção: era um gringo idoso, de olhos azuis no fundo do rosto, usava uma boina e fumava uns cigarrinhos indianos que em algum momento lhe ofereceu. Daniel acendeu um, protegendo a chama da brisa do rio, e quando aspirou, começou a tossir. O velho riu e disse: "São uma porrada mesmo, mas espantam a mosquitaiada". Depois perguntou:

— Sabe nadar?

— Sim — disse Daniel. — Por quê?

— Quando a gente passar debaixo da ponte, não vai poder encostar a balsa na margem, tenho que desviar das estacas dos canos para passar pelo meio. Mas são só uns metros. Só que você vai ter que jogar tudo em um saco de náilon para que não molhe.

— Não tenho.

O velho deixou por um instante a cama do leme e foi buscar um saco para dar a Daniel. Ele aceitou, um pouco assustado.

Olhou a imensa planície de água ao redor, onde o céu se refletia e onde só despontavam alguns trechos de arame, moinhos e árvores carregadas de pássaros.

Nos momentos em que não havia nenhum ponto de referência próximo, parecia que a balsa não estava se movendo. Algumas pessoas tinham adormecido em meio à carga. Já tinha passado metade da manhã e começava a fazer calor. Daniel sentiu fome e comeu um sanduíche com certo embaraço, de cócoras, como se estivesse procurando algo na bolsa.

A rodovia federal foi avistada de longe, desenhando um horizonte onde corriam os carros diminutos. De vez em quando aparecia um pedaço de terra seca. Daniel enfiou suas coisas no saco plástico. A viagem até o porto Charay custava cinco pesos, mas o gringo lhe cobrou três, porque ele ia descer antes.

— Vai ficando pronto — lhe disse.

Daniel percebeu que teria que tirar a roupa e enrolou para fazer isso o quanto pôde. Viu a ponte se aproximando feito um arco-íris negro que unia as longas esteiras da rodovia.

— Tem que se jogar antes, pra que a correnteza te ajude — disse o gringo.

Daniel tirou a roupa e o relógio e ficou de cueca. Pôs suas coisas todas no saco.

— Amarre bem, assim te serve de boia — disse o dono do cavalo.

Agora toda aquela gente, coberta com roupas e chapéus para evitar o sol, o olhava ali parado, quase nu na borda direita da balsa, com suas coisas nas mãos. Sentiu-se mais frágil e desamparado do que nunca. Já se ouvia o barulho dos motores que passavam pela estrada em grande velocidade. O velho dirigiu até a abertura central formada pelos pilares da ponte, a única larga o suficiente para que pudessem passar. Uns cinquenta metros antes, disse a Daniel:

— Pule já, assim você aproveita a correnteza.

Daniel se atirou na água escarranchado e tenso. Nadou com as pernas e com um braço, segurando com o outro a bolsa, que o auxiliava a boiar. Avançava em diagonal, levado pela força da água turva. Em certo momento olhou para trás e viu a balsa, que parecia pequena, com animais e gente. Continuou nadando um pouco mais, com menos desespero, pois já se aproximava de uns bancos de areia aos pés da ponte. Pisou no fundo de barro frio e começou a caminhar entre camalotes e plantas que roçavam suas pernas, com medo de cobra. Por fim alcançou o pasto da beira e pôde respirar com mais calma. Olhou novamente a balsa; o velho lhe fez uma saudação de longe com um grito. Daniel ergueu o braço, como que agradecendo. Agora a balsa parecia apenas uma folha que a correnteza conduzia na arrogância de sua força.

# Quatro

Ficou parado sob o sol, secando-se. Depois voltou a se vestir e subiu o barranco do aterramento onde corria a estrada. Os carros e caminhões passavam estrondosamente, deixando no ar revolto um cheiro de combustível. Daniel caminhou na direção sul. Em pouco tempo chegou a um posto de serviços que ficava em uma elevação espreitada pela água. Entrou no banheiro. Agora teria que pedir a alguém que o levasse até a capital. Foi até um homem gordo e rosado que esperava nas bombas para encher o tanque.

— Boa tarde — disse. — Vai para Buenos Aires?

— Por quê? — perguntou o homem.

— Poderia me dar carona?

— Não. Vou só aqui pertinho.

Daniel percebeu que não era verdade e ficou com vergonha. Depois dois homens em uma caminhonete o olharam com desprezo e tampouco quiseram levá-lo. Decidiu dar um jeito na aparência no espelho do banheiro. Pôs a camiseta para dentro da calça, molhou os cabelos e penteou-se.

Quando saiu, não havia ninguém, apenas um caminhão carregado com madeira, estacionado num lado, à sombra de algumas árvores-do-paraíso. O caminhoneiro fazia a sesta em uma rede pendurada sob a carreta. Daniel sentou-se apoiado contra o vidro, perto da porta da lanchonete. O empregado lhe disse que ali estava atrapalhando a passagem. Então ele se deslocou alguns metros e ficou esperando que o caminhoneiro acordasse. Por alguns instantes ninguém entrou ali. O único movimento era o de uns pardais que procuravam migalhas em meio ao cascalho do estacionamento.

Depois viu que o caminhoneiro começava a se levantar. Esperou um pouco. Viu-o bocejar, juntar suas coisas; era um homem de uns quarenta anos, largo, com bigode e o braço esquerdo queimado de sol; estava de bermuda e chinelos. Daniel aproximou-se e perguntou se ele podia lhe dar carona.

— Até Buenos Aires não chego, mas posso te deixar uns cem quilômetros antes, na rotatória de Tabirí — disse.

Daniel achou bom. Qualquer coisa que o aproximasse de Sabrina Love parecia algo bom. Subiu na cabine. Dali de cima, a estrada ficava diferente, era possível ver mais longe. O asfalto afinava-se em direção ao horizonte, como uma folha de aço.

Tinham que falar alto, porque o ruído do motor e o vento que entrava em lufadas pelas janelas abertas embaralhavam as palavras.

— Nos mal que estadovia foi feita com poumais deleção — Daniel escutou o caminhoneiro dizer.

— Como? — perguntou.

— Digo que menos mal que esta rodovia foi feita com um pouco mais de elevação. Por causa da inundação.

— Ah, é — disse Daniel —, a interestadual que vai para Curuguazú está interditada.

— Você é de Curuguazú?

— Ahã.

— E o que vai fazer em Buenos Aires? Passear?

— Não — respondeu com um sorriso —, vou passar uma noite com uma mulher.

— Que mulher?

— Sabrina Love.

— Quem?

— Sabrina Love. Uma loura bem gostosa.

— Ah, é? E como vai fazer para passar a noite com ela?

— Já está tudo preparado — disse Daniel.

— Olha que as mulheres são uma armadilha, garoto. Você se apaixona e acha que aqueles peitos são seus, que aquelas ancas são suas, tudo feito para te enlouquecer, sabe? Você pensa que a mulher é inteirinha sua. Mas depois acaba que é uma armadilha para que você caia nela e a engravide, aí quando nasce a criança, você percebe que na verdade as ancas eram para parir e os peitos, para dar leite, ou seja, para você não tem nada, era tudo para o filho, está me entendendo? Como bem disse Discépolo: "Tu silueta fue el anzuelo donde yo mi fui a ensartar",* e é isso aí, as curvas das mulheres são um anzol, garoto.

— E o senhor se casou? — perguntou Daniel.

— Claro, aqui fala uma presa capturada.

O ar se encheu de libélulas que grudavam no vidro e se enroscavam no para-brisas. O caminhoneiro lhe ofereceu bolachinhas e pediu que ele pegasse, num compartimento, uma garrafa térmica, um pote com mate e a cuia para cevá-lo. Tiveram que fechar as janelas, porque a erva seca voava para todo lado. Daniel cevou um pouco o mate, até que o caminhoneiro não quis mais e pararam de conversar. Apoiou a cabeça no encosto como se fosse dormir.

Olhou para um lado do caminho. Tinham deixado a região alagada e já era possível ver alguns campos verdes com plantações espalhadas entre os pés de acácia. A cada minuto os marcos de quilometragem ficavam para trás. Daniel reparou que estavam próximos do lugar onde seus pais tinham morrido.

---

* Enrique Santos Discépolo (1901-51) foi um músico, compositor, dramaturgo e cineasta argentino. Trata-se de um verso do tango "Chorra", eternizado na voz de Carlos Gardel. Em tradução livre: "Sua silhueta foi o anzol no qual fui me enganchar". [N. T.]

Faltavam alguns quilômetros. Reconheceria o lugar exato porque sua irmã e sua avó tinham posto uma pequena cruz de madeira com os nomes deles. O carro ficara destroçado e permanecera por um tempo em um posto policial próximo, como uma advertência para as pessoas que transitavam pela rodovia. Um pouco antes de morrer, seu pai tinha lhe dado de presente um livro sobre a história do automóvel, no qual era mostrada toda sua evolução, desde as primeiras carruagens motorizadas até os carros esportivos, e para Daniel, depois do acidente, esse livro passou a ser uma espécie de explicação da morte de seus pais, como se essa lenta evolução fosse um mostruário dos passos prévios que deviam ser dados pela humanidade apenas para que por fim fosse desencadeado o choque; de modo que Daniel colou em uma das páginas em branco do fim do livro a foto que tinha saído no jornal, do carro destroçado, incrustado na frente de um caminhão azul. Naquele tempo, ele tinha dez anos e ficou com a impressão, pela foto, de que o caminhão era feito um monstro imenso que tinha saído à procura de seus pais para triturá-los numa única mordida feroz.

Faltava pouco, já. Daniel viu de longe a cruz, em uma curva. Viu-a aproximar-se devagar e ficar para trás de repente.

— Por pouco um amigo meu não morreu por aqui, mais ou menos — disse o caminhoneiro.

Daniel olhou para ele, depois virou-se pálido para a frente. Até pouco tempo antes, seu irmão ameaçava ir atrás do homem que tinha se chocado contra seus pais, para matá-lo.

— Um casal morreu — disse o caminhoneiro.

Daniel ficou em silêncio.

— Meu amigo quebrou a perna esquerda inteira, em seis pedaços — disse. — Ganhou uma cicatriz rosada daqui, na parte de dentro do joelho, até aqui, na coxa. Ficou manco e não pôde mais dirigir, mas recebe uma pensão por invalidez. Arrebentou várias costelas também, além da cabeça. Mas os outros coitados que se chocaram com ele... Sabe que, assim que ele se casou, meu amigo não queria ter filhos, mas depois do acidente, quando se recuperou, teve com sua esposa dois filhos em dois anos. Primeiro tiveram uma menina, Cinthia. Mas ele queria mesmo era pôr o nome da mulher que morreu no carro, sabe, não me lembro como se chamava...

"Mónica", pensou Daniel.

— ... para ele era uma maneira de ajeitar as coisas. No menino também quis pôr o nome do homem que morreu. Mas a esposa não quis, dizia que lhe causava má impressão.

Daniel ficou sério, forçando-se a olhar para a margem do caminho.

— É uma rodovia perigosa — disse o caminhoneiro —, aqui morreu também Yanina, a cantora. Fizeram um altarzinho dentro do ônibus tombado. Você já vai ver. Dizem que ela faz milagres. Sei lá. Você tem que colocar seu pedido dentro de uma caixinha de fita cassete e deixar lá. Minha esposa me mandou pôr uma. Antes eu fazia pedidos à Defunta Correa.*

Pelo acostamento, em sentido contrário, passava um camponês a cavalo. O caminhoneiro o cumprimentou levantando o braço e o cavaleiro lhe devolveu a saudação.

— Para a Defunta você tem que pôr uma garrafa com água, porque ela morreu de sede, sabe? Estavam ela e seu bebê; ela morreu e mesmo assim continuou a dar o peito para salvá-lo. Mas eu não faço mais nenhum pedido a ela, porque meu amigo, no dia exato do acidente, tinha colocado algumas garrafas no altarzinho que lhe fizeram perto da rodovia federal. Depois pegou a estrada e bateu. Aqui é o da Yanina — disse e parou o caminhão no acostamento.

---

* Defunta Correa é uma personagem da religiosidade popular que atrai devotos de toda a Argentina a seu santuário, em Vallecito, província de San Juan, noroeste do país. [N. T.]

Desceram e caminharam por um declive até a carroceria oxidada de um ônibus que jazia de lado; estava rodeado por um cerco improvisado de galhos de salgueiro e faixas com inscrições.

— Este era o micro-ônibus do grupo, tipo quarteto, sabe? Vinham de noite e perderam a direção. Saíram da estrada, pra lá, tá vendo?, e capotaram até aqui. A única que morreu foi Yanina. Era linda — disse o caminhoneiro.

Dava para entrar no ônibus por trás, afastando uma lona. Na dianteira, no assento do motorista, havia retratos de uma mulher jovem, de cabelos castanhos e lábios sensuais. Os raios solares filtrados pelas janelas, que agora estavam no teto do santuário, davam ao lugar uma luz vertical e misericordiosa. Havia oferendas de flores e centenas de caixas de fita cassete transparentes com mensagens dentro, tudo desbotado e amassado pelo clima.

— Era professora de jardim da infância, depois começou a cantar — disse o caminhoneiro, e pôs uma caixa em cima das outras. — Sabe o que diz o pedido da minha esposa?

— O quê? — perguntou Daniel.

— Está pedindo mais dinheiro, saúde, que não me aconteça nada na viagem e essas coisas, e depois pede que eu não lhe ponha chifres. Percebeu? Escreveu isso para que eu lesse. Veja se pode.

Daniel continuou olhando. Algumas caixas continham fotos de famílias. Havia coisas coladas: número de placas de automóveis, volantes, sapatinhos de bebê, um cartaz recortado que dizia "Yanina, padroeira dos motoristas" e outros com as letras de suas canções.

Seguiram viagem para o sul. Faltavam poucos quilômetros para a rotatória de Tabirí, onde teria que saltar.

— E como foi o acidente? — perguntou Daniel.

— Qual?

— O do seu amigo?

— Vai saber, trombaram de frente na curva. Parece que ele perdeu a consciência por um instante, e me contou que depois começou a ouvir a voz do locutor a todo o volume, porque o rádio continuou tocando, e ainda por cima mais alto. Doía-lhe tudo, e queria baixar o volume com o braço. Sempre conta isso, que como estava zonzo, pensava que o volume do rádio e a dor do corpo tinham o mesmo botão, sabe, coisas da cabeça. E quando foram tirar ele, o encontraram assim, todo ensanguentado, meio morto e com o braço apertando o rádio. Sabe que, até hoje, se você for visitá-lo e alguém ligar o rádio, e ele ouvir a voz desse locutor, fica pálido, e olha que o acidente aconteceu faz uns sete anos.

Daniel olhou para o céu, tinha ficado nublado. Tinha vontade de descer e ficar sozinho, mas também queria continuar conversando. Pensou em deixar no vidro traseiro um papel contando quem ele era, para que o caminhoneiro o lesse depois.

— Bom, estamos chegando à rotatória onde tenho que virar. Não perguntei seu nome.

— Daniel, e o senhor?

— Víctor. Como você me disse que se chamava a loura?

— Sabrina Love.

— Sabrina Lóvi. Bom, divirta-se. Tem camisinha?

— Não, não se preocupe, que...

— Que "não se preocupe" o quê! Pegue as que tenho no porta-luvas.

Daniel destacou uma tira de três preservativos.

— Pegue — lhe disse. — Olha que hoje em dia, com a Aids, a coisa está feia. Quando eu tinha a sua idade, a mangueira ardia um pouco e te davam uma injeção de penicilina, já hoje você usa um pouco e a morte é batata.

Despediram-se e Daniel saltou na entrada de Tabirí. Seguiu caminhando pelo acostamento na direção sul. Passou ao lado de duas professoras rurais que esperavam que alguém as levasse, passou ao lado de vários soldados com uniforme de passeio que, um atrás do outro, o cumprimentaram, distribuídos ao longo da rodovia para pedir carona separadamente. Ao longe via-se um posto de gasolina. Olhou o relógio. Eram quatro horas. As nuvens se afastaram por um instante e o sol brilhou com certa crueldade, ferindo as sombras.

# Cinco

Depois de dois caminhoneiros se negarem a levá-lo, depois de encher de água uma garrafa de plástico e de ter assustado uma senhora que fechou a janela e acionou a trava das portas quando ele se aproximou para falar com ela, Daniel viu chegar ao posto de gasolina uma caminhonete com a caçamba coberta por uma lona. O motorista estava com uma mulher. Atrás, na penumbra esverdeada, adivinhavam-se os aventais brancos das professoras. Daniel perguntou ao homem se poderia deixá-lo perto de Buenos Aires. O homem disse que subisse, se quisesse, mas que ia só até um sítio, passando a vila de Aguaribay. Daniel entrou na caçamba da caminhonete. Além das professoras, havia dois soldados sentados em um dos lados. Cumprimentou e se acomodou como pôde, com a bolsa entre as pernas.

Na estrada, o vento entrava pelas frestas das lonas produzindo um zumbido espiralado. As professoras iam sentadas organizadamente sobre os paralamas, balançando-se em uníssono com as acelerações e as freadas, sem trocar olhares com ninguém; os soldados, sentados sobre uma caixa, fumavam e não paravam de olhar para elas. A caminhonete parou e o motorista gritou da cabine:

— Chegamos em Gil!

As professoras desceram com um tchauzinho tímido e, no retângulo emoldurado pela abertura da caminhonete, foram ficando pequenas até serem dois pontos brancos em meio à paisagem. Daniel percebeu que os soldados falavam entre si, lançando-lhe um olhar de vez em quando. Estava pensando em como iniciar uma conversa, quando o que tinha o cabelo mais raspado dos dois engatinhou até ele e arrancou sua bolsa. Uma repentina navalha ante seus olhos lhe sugeriu que não reagisse. "Deixa ele", dizia o outro, mais moreno, sem largar seu cigarro. O careca voltou ao lugar com a bolsa, abriu-a e começou a tirar as coisas, fazendo um inventário debochado.

— Uma calça jeans — dizia, e a colocava de um lado —, uma camiseta azul, uma garrafa com água, precavido, uns sanduíches, um par de meias... Que cor é esta?

— Cor de sangue seco — respondia o outro.

— Que sangue seco, o quê! Onde você viu sangue seco dessa cor?

— É o nome da cor, ou senão "cor de vinho".

— Para mim é vermelho-escuro. Meias vermelho-escuras, um saco, uma toalha com um desenhinho de um cavalo, um pente, um sabonete, desodorante, nota-se que é um rapaz limpo, escova de dentes, pasta de dentes, muito bem, uma gilete, uma cueca azul-clara, uma regatinha que a mamãe pôs aqui, e o que temos aqui!

Daniel o olhava com raiva.

— Deixa ele em paz — dizia o outro.

— Isto não foi a mamãe quem colocou aqui, foi o papai — tirou os preservativos e os balançou entre os dedos, com cara de surpresa. — Vamos ver o que mais... — abriu o fecho do bolso lateral — um documento de Daniel Mario Montero com uma foto com cara de quem acabou de acordar. Dez, quinze... Dezessete pesos? Você viaja com dezessete pesos?

— Se tivesse mais grana viajaria de ônibus, sem cruzar com veados como você — disse Daniel.

— Eu, veado? Mas se quem está quase desatando a chorar é você?

— Porque a navalha está com você.

— Bom, fique com ela — disse o careca, e a jogou a seus pés, com um sorriso. — Vamos ver o que você vai fazer.

Daniel a pegou e ameaçou jogá-la fora.

— Se você jogar, te mato a porradas.

Daniel olhou para o gume. Tapou o rosto com o antebraço e começou a chorar, encolhido em um canto da caminhonete. Não tinha vontade de reagir. Atirou de volta a navalha para o careca, que ria e dizia ao moreno que checasse quanto faltava. O moreno foi para trás, aproximou a cabeça e disse que tinham passado um pouco.

— Só dezessete pesos?, vamos ver nos bolsos, ponha-os do avesso — disse. Daniel colocou os bolsos da frente para fora e a única coisa que saiu deles foi a pedra que não tinha atirado na janela de Fernando. O moreno bateu no vidro da cabine por detrás da lona e a caminhonete parou. O careca, descendo, disse a Daniel:

— Se abrir o bico, corto suas bolas e jogo para os preás.

Quando a caminhonete estava dando a partida e os soldados já tinham agradecido ao motorista, Daniel, com toda a raiva, pegou a pedra e a atirou no careca feito uma chibatada. Acertou-lhe na testa. Viu que levava as mãos à cabeça, desorientado. A caminhonete já se afastava e os soldados também se perderam na distância.

Guardou as coisas na bolsa, secando as lágrimas, tremendo. Achou que de alguma maneira, com essa pedrada, seu amigo estava por perto. Naquela manhã, havia entendido que tinha mesmo que fazer a viagem sozinho e guardara a pedra como um amuleto; devia a pedra ao amigo; tinha levantado o braço para atirá-la de leve e não o fizera até então, violentamente, num único movimento alimentado pelo impulso de centenas de quilômetros. Apoiou a cabeça na bolsa e ficou com os olhos abertos. Pela primeira vez compreendeu que estava sozinho.

Uma hora depois a caminhonete voltou a parar. Daniel notou que batiam no vidro e desceu. O homem disse que podia levá-lo apenas até ali, porque tinha que pegar uma estrada lateral. Agradeceu sem mencionar o episódio e o observou enquanto se afastava pelo caminho de terra, levantando uma poeirada branca como se arrastasse uma plumagem enorme.

# Seis

Lentas babas do diabo cruzavam voando pelo ar da tarde. Viu as palmeiras cada vez mais espessas do lado leste. Nas lagoas que margeavam o caminho havia garças brancas, imóveis ou nadando pelo ar com adejos suaves. De vez em quando passavam revoadas de periquitos alvoroçados. Quando escutava um motor, levantava o dedo para pedir carona. Tal como tinha lhe dito o Gordo Carboni, os carros passavam a toda a velocidade e não o viam. Ali, em meio ao campo, rodeado de palmeiras e pássaros, Daniel estava em outra dimensão.

Os mosquitos não paravam de lhe picar os tornozelos, as costas através da camisa, os dedos das mãos, a testa. A alça da bolsa deixava marcas vermelhas no ombro. Viu que o sol estava se pondo e percebeu que ao anoitecer teria que dormir ao ar livre ou continuar caminhando.

Os carros já começavam a passar com os faróis acesos, quase não dava para ver os motoristas, protegidos que estavam em suas cabines herméticas, cada vez mais inacessíveis, exercendo sua liberdade a toda a velocidade, sem permanecer a seu lado mais do que alguns centésimos de segundo, feito um clarão, quase voando, e ele cada vez mais dentro da noite, mais distante, mais parecido ao caramujo rasteiro, aderido à terra, lento.

Foi se aproximando de uma luz. De longe notou que era um aparelho de tevê. Junto a uma casinha improvisada de um dos lados da rodovia, havia uma banca com melancias, mel, ovos e queijo caseiro. Nela atendia uma mulher velha de feições guaranis com um chapéu de palha, que olhava de viés para a televisão, sentada sob um toldo de aniagem puída. Daniel a cumprimentou.

— Gostou de alguma coisa? — perguntou a velha.

— Não, obrigado, estou de passagem.

Ambos voltaram o olhar para a televisão. Os besouros voejavam ao redor da luz intermitente, grudavam na tela e caminhavam sobre o rosto da apresentadora do programa de entretenimento, que dizia: "Agora, para ganhar um milhão, escolha um número do painel, de um a dez".

— Quatro — disse a velha.

"Sete", disse uma voz que falava com o programa por telefone. "Não, que pena, era o quatro; ligue outra vez, meu amor. Tchau." As cores estavam fortes demais. Daniel disse:

— Não prefere tirar um pouco da cor?

— Do quê?

— Da cor — disse Daniel, e acertou os botões até as cores se normalizarem.

— Não — disse a velha —, ponha como estava, capaz que meu filho fique bravo. Eu não entendo nada de botões. Ele é quem liga de manhã e desliga de noite, quando vem me buscar.

Daniel voltou a intensificar as cores. Entendeu que a mulher preferia assim, quanto mais saturada de cor estivesse a imagem, mais ela gostava.

— E a senhora nunca troca de canal? — perguntou Daniel.

— Não.

— E não quer que eu lhe ensine?

— Não — disse a velha —, assim mesmo tá bom.

Daniel lembrou-se de quando assistia à televisão com sua avó. Ele trocava tanto de canal que ela misturava os fios narrativos de filmes diferentes e tecia sua própria história, que tinha a virtude de ser sempre feliz, porque quando passados alguns instantes na frente da tela aparecia uma cena de risos ou abraços ou declarações de amor, ela se levantava e dizia "Que lindo o final", deixando Daniel perplexo, perguntando-se como teria sido a história que sua avó tinha construído.

Despediu-se da velha e adentrou outra vez naquela escuridão que parecia estar fora do mundo. Havia estrelas e uma lua crescente que cortava as sombras, mal deixando ver por onde ia o caminho. Tomou água da garrafa que levava consigo e comeu o último sanduíche sem parar de andar, sem deixar de coçar as picadas. Estava cansado, aturdido pelo calor, e sentia dor nos pés, com pontadas que subiam até os joelhos. Preferira continuar e não pernoitar naquela casinha. A solidão do campo lhe dava menos medo que a companhia de estranhos. Agora tinha um dia para alcançar Sabrina Love, e quanto mais caminhasse nessa noite, mais perto dela o amanhecer do sábado o encontraria. Tinha que continuar, apesar do inchaço na têmpora e nas mãos, provocado pelos insetos, e da vontade de jogar-se para dormir onde fosse, embora houvesse cobras, apesar do medo de que passassem por ali os soldados e o atirassem morto numa vala, apesar da vontade de chorar, tinha que continuar, porque lá, depois de toda essa distância, ela o esperava em uma cama macia, a Sabrina Love real, não a catódica impossível, e sim a de carne, a de coxas louras que se abririam para recebê-lo, a que lhe diria seu nome sussurrando no ouvido, assim, como podia vê-la agora, Sabrina Love aproximando-se com um lampejo na escuridão, deixando para trás a roupa, saindo do vazio da noite, indo até ele com passos lentos, aguerridos, com o olhar repleto de cálidas propostas, entreabrindo a boca, cheia de beijos doces, de dentes que se afastavam para deixar sair, umedecendo o ar, sua língua profissional. Sentiu que quase podia abraçá-la, se se estendesse ali mesmo, no gramado, podia retê-la nessa imagem, se colocasse, assim, a bolsa como cabeceira, podia ficar com ela abraçado e talvez dormir um pouco...

Foi acordado pelo som do pasto em agito. Abriu os olhos. Estava rodeado de animais pretos que tinham a altura das estrelas e umas cabeças enormes, que iam até ele para cheirá-lo e se afastavam. Estava rodeado de patas que pisavam o chão enfaticamente, de relinchos, de chifres que se aproximavam e se afastavam sem parar. Ficou estático, aterrorizado, sem saber o que fazer, até que viu duas figuras negras de peões emolduradas contra o azul profundo do céu.

— Acabei dormindo — disse Daniel, levantando-se.

Os cavalos se assustaram e os peões, também nervosos, conseguiram segurá-los.

— Quem é você? — disse uma voz enfadada.

— Daniel Montero, acabei dormindo, estou pedindo carona para ir a Buenos Aires.

— Mas, filho, os animais não te pisotearam por sorte — disse a mesma voz, já mais tranquila.

O camponês se apresentou, chamava-se Toro Reynoso e estava com o filho pastoreando as vacas pela rua, porque o pasto que ele arrendava tinha inundado. Decidiram rodear os animais com cordas nesse lugar, aproveitando o contorno do alambrado e os pés de acácia, para que não se dispersassem. Quando terminaram, acenderam uma fogueira num canto. Daniel os entrevia na escuridão enquanto eles desencilhavam os cavalos e juntavam lenha. Ajudou-os com alguns galhos secos. No fulgor das chamas foi que puderam enxergar o rosto uns dos outros. Reynoso tinha um ar cigano, com grandes bigodes brancos e um boné colorido; o filho devia ter uns doze anos e seu olhar ficava perdido na fogueira, como o do pai.

— Vão longe? — Daniel perguntou.

— Não, só por aqui mesmo.

— Já não se fazem mais pastoreios extensos, não é verdade?

— Não — respondeu Reynoso —, agora o gado vai em caminhões.

Os silêncios eram longos. Daniel insistia com perguntas e comentários, mas o diálogo estancava nas respostas lacônicas do camponês, que afilava um pedaço de pau com uma grande faca preta, e a cada tanto jogava bosta seca ao fogo para que a fumaça espantasse os mosquitos. Tomaram mate com água aquecida em um balde nas brasas e depois cada um procurou um lugar para se deitar e dormir. Daniel ficou olhando as estrelas, ouvindo os motores cada vez mais esporádicos, os grilos, os mugidos dos bezerros perdidos e das mães comedidas, até que tudo se desfez lentamente, pulverizando-se como os animais que às vezes se formam nas nuvens.

# Sete

A baleia tinha ficado encalhada na copa do ombu, quando as águas baixaram. Ele estava com os outros garotos de uniforme, sob o sol, formando uma longa fila que duas professoras organizavam. Por fim chegou a sua vez de subir a escada e olhar a baleia de perto. Não distinguia direito as raízes e os galhos da árvore das barbatanas e dos bigodes do animal, porque na verdade era um imenso bagre, não uma baleia, mas melhor não dizer nada. De repente viu o olho, que refletia uma agonia lenta e silenciosa. Tinha que descer, para que os demais também pudessem ver o bicho. Os meninos e os pássaros gritavam. Abriu os olhos. A acácia sob a qual tinha dormido estava cheia de sabiás pretos que voaram quando ele se mexeu. Reynoso e o filho tinham ido embora. Viu as cinzas da fogueira. Eram nove da manhã. Levantou-se e os viu se afastando entre a gritaria, tentando conter os animais.

Sonolento, juntou suas coisas, urinou sobre as brasas e caminhou pelo mesmo caminho que eles. Sentiu que havia duas bolhas nos pés, mas preferiu não verificar. O céu estava nublado. O tráfego tinha se tornado mais fluido que no dia anterior. De repente lembrou que era sábado, que já era o dia do encontro com Sabrina Love, e sentiu um nó no estômago.

Reynoso e o filho enfrentaram um contratempo que o favoreceu. As vacas se desvencilharam e, sem que eles conseguissem detê-las, cruzaram a estrada, obstruindo o trânsito por um momento. Daniel se aproximou de um caminhão carregado de areia que estava esperando que desocupassem o percurso.

— Vamos até Ibicuy, onde a rodovia está em obras — disse o acompanhante do motorista.

— Qualquer coisa que me deixe mais perto de Buenos Aires já me ajuda.

— Suba atrás.

— Cuidado com a iguana — berrou o que estava ao volante.

Ouviu que riam. Jogou a bolsa para dentro e subiu, contente. O caminhão arrancou com os outros automóveis assim que Reynoso conseguiu apartar os animais. Daniel se despediu do pai e do filho erguendo o braço ao passar.

Deitou-se de costas no monte de areia úmida, olhando para o céu. O ruído trêmulo do caminhão dava-lhe sono. De vez em quando fechava os olhos e, ao voltar a abri-los por causa de alguma manobra brusca, via passar, altos, pássaros, ou notava o movimento das nuvens.

Um redemoinho atirou-lhe areia na cara. Endireitou-se sem conseguir enxergar, protegeu-se do vento com um dos braços e, tropeçando, buscou outro lugar onde estivesse mais resguardado, do lado oposto ao monte de areia. O caminhão freou e acelerou. Daniel deu alguns passos para não cair e, num canto, pisou em algo macio e cartilaginoso. Deu um salto para trás. O que viu o assustou violentamente: havia um homem que parecia morto, com o lado direito inteiro enterrado na areia. Tinha um rosto indígena, imóvel. Ficou olhando, sem saber o que fazer. Achou que os caminhoneiros o tinham assassinado e quiseram escondê-lo. Achou que podiam matá-lo também. Quando o caminhão rodou um pouco mais devagar, pensou em saltar na lateral da estrada. Viajou alguns quilômetros sem saber o que fazer, até que, reunindo coragem, se aproximou do homem e o sacudiu pelos ombros. Ele se moveu, tossiu, abriu um pouco os olhos e disse umas palavras em guarani. Daniel tentou fazer com que se levantasse, mas o homem tinha um braço e uma perna debaixo da areia. Ajudou-o, escavando com as mãos. O braço parecia engastalhado em algo. Teve que continuar escavando. Sentiu que tinha a mão aferrada a uma alça. Finalmente desenterrou um garrafão vazio. Assim que se soltou, o homem pôde se sentar. Devia ter uns trinta anos e estava ausente, alquebrado, acabando de sair de uma bebedeira. Recostou-se, embotado, no revestimento de metal. Daniel sentou-se a seu lado, sem falar durante alguns instantes.

— Quem é você? — disse, olhando-o.

— Daniel Montero. Pedi carona quando pararam e subi.

— Puta que pariu, a areia quase me cobre todo. Por onde estamos indo?

Daniel aprumou-se, olhou a paisagem ao redor.

— Não sei. Ainda não chegamos a Ibicuy — disse num grito surdo, porque o vento morno e denso arrebatou-lhe as palavras da boca. Depois ofereceu ao homem a água da garrafa que levava na bolsa.

— Isso é veneno, hein — disse quando experimentou a água, mas depois deu mais goles e pareceu reanimar-se.

— Meu capacete ficou aí debaixo.

— Que capacete?

— O capacete da obra. Terminamos de carregar a areia cedo em Colón e me deitei para dormir, e no tanto que o caminhão vai se mexendo é que a areia vai se espalhando.

Daniel notou seu sotaque paraguaio.

— Você bebeu o garrafão inteiro?

— Inteiro, não, quando peguei já estava começado.

As lufadas de areia interrompiam o diálogo; às vezes tinham que esconder a cabeça entre os joelhos e se cobrir com os braços. A viagem durou três horas, entre sacudidas e sobressaltos provocados pelo caminhoneiro.

— Se não fosse você a me acordar, era capaz que eu ficasse ali debaixo. Como é o seu nome?

— Daniel, e o seu?

— Me chamam de Iguana, mas me chamo Aldo, sou de Assunção.

— Eu, de Curuguazú.

— E está indo para onde?

— Buenos Aires — disse Daniel.

— Trabalhar?

— Não, vou passar uma noite com uma garota.

— Com uma puta?

— Não — disse Daniel.

— Vai estrear?

— Tipo isso, sim.

— De Curuguazú a Buenos Aires, de carona, para molhar o biscoito? É um pouco longe, irmão.

— Mas a gata vale a pena. E esta areia que estão levando, para que é? — Daniel mudou de assunto.

— Pra fazer a mistura no concreto das pontes, ali na estrada nova. Estão construindo a outra mão, pra que tenha duas pistas de cada lado, que assim, mão dupla como tem agora, um montão de gente morre.

Aldo pegou um maço de cigarros do bolso da camisa e ofereceu um a Daniel. Deu trabalho acender o primeiro, mas em seguida se puseram a fumar. Quase não dava para ver a fumaça, que se perdia para trás subitamente; as cinzas se desprendiam sozinhas e formavam redemoinhos pelo ar antes de desaparecer.

Daniel viu nuvens escuras perto do horizonte.

— Será que vai chover?

— Agora não. De noite — disse Aldo.

Pararam em um terreno de cascalho onde havia grandes máquinas estacionadas e outros caminhões com materiais. Assim que desceram, sacudiram a areia do corpo. Aldo jogou na pastagem o garrafão vazio e disse a Daniel que almoçasse na tenda com ele e os rapazes da obra, que ele o faria passar como ajudante de caminhoneiro e não teria que pagar nada. Primeiro Daniel disse que não, agradecendo, mas depois, como estava com fome e percebeu que sem dinheiro não teria outra oportunidade de comer, aceitou.

— Matou o vinho, Iguana? — perguntou o caminhoneiro.

— Vocês dois foderam comigo — disse Aldo. — Eu paguei o garrafão, vocês ficaram com o vinho e eu, com o vidro.

— A gente te deixou um pouco.

— Só o fundo.

Os dois homens riam com as gargantas regadas a vinho.

— Negão — Aldo disse ao caminhoneiro —, este rapaz vai almoçar com a gente; se te perguntarem alguma coisa, diz que ele está de ajudante.

Foram até um grande toldo de lona. Havia homens comendo, sentados ao longo de grandes tábuas apoiadas em cavaletes; outros faziam fila para que lhes servissem um prato de guisado. Ali colocaram-se Aldo, Daniel e os que estavam na cabine do caminhão. Aldo disse ao homem encarregado de encher os pratos com uma concha que Daniel estava com eles. Pegaram uma colher de uma bandeja e um pão de um enorme saco de papel e se sentaram quase na ponta de um dos bancos, apoiando os pratos sobre as tábuas terrosas. Em umas jarras de plástico havia suco de laranja concentrado. Cada um serviu o próprio copo. Falava-se pouco, como se estivessem poupando energia. Algumas moscas insistentes pousavam sobre a comida e caminhavam dentro dos copos. De vez em quando se ouvia uma gargalhada por causa de alguma piada remota.

Daniel comia com timidez, lançando olhares fugazes aos outros. Viu que os homens estavam queimados de sol e tinham a testa branca, por causa do uso do capacete, viu as mãos grandes e ressecadas, acostumadas a ferramentas, segurando agora as pequenas colheres, as mãos que partiam o pão como se esmigalhassem um entulho. Quis deixar seus movimentos mais obstinados, agir com essa gravidade. Envergonhou-se de suas mãos delicadas, mãos de apertar botões, de anotar números em planilhas. Adoraria chegar ao encontro com Sabrina Love com um porte mais viril, mais confiante e bem talhado, chegar mais tranquilo e incisivo. Ergueu o copo para tomar um pouco de suco, Aldo também ergueu o seu e lhe disse:

— À estreia, irmão.

Daniel riu. Negão perguntou:

— Você estreou?

— Não — disse Aldo —, vai estrear em Buenos Aires.

— Sério? Muito bem! — disse Negão, que se interrompeu e em seguida, com um vozeirão, disse a todos: — O companheiro aqui... qual é o seu nome, garoto?

— Daniel.

— O companheiro Daniel vai a Buenos Aires para estrear, bora lhe desejar boa sorte, rapazes.

E ouviram-se aplausos, assobios e alguém soltou um longo grito de *sapucay*.* Daniel sentiu todos os olhares sobre ele, seu rosto ficou vermelho e os olhos, úmidos de vergonha. Por sorte o alvoroço foi se apagando sozinho e logo se esqueceram dele; além do mais, não poderiam ficar de conversa à mesa depois do almoço, era preciso deixar o lugar para os homens que iam chegando de pontos em obras ao longo da rodovia. Levantaram-se, e Daniel despediu-se de Aldo, que tinha que ajudar a descarregar o caminhão.

* No dialeto mbya-guarani, proveniente da língua tupi, *sapucay* significa "grito". Há vários tipos de grito, relacionados a momentos vividos pelos indígenas: de comemoração, alerta e que simbolizam estados de ânimo, como alegria ou tristeza. [N. T.]

Caminhou respirando com dificuldade, sentindo o peso das nuvens de chuva que se aglomeravam no céu. O sangue concentrava-se em seu rosto com a lembrança dos gritos na tenda. Todos aqueles rostos o encorajando. Com uma violenta alegria, quase podia voltar a ouvir o alvoroço. Mas algo o estava deixando nervoso, algo feito uma humilhação, um sentimento de ser menos homem que todos aqueles homens, ou a revelação pública de sua virgindade, como se a erupção dos aplausos e assobios, e sobretudo o grito final, tivessem sido uma chacota, uma gargalhada diante de sua falta de experiência, diante da sensação que tinha de ser alguém inacabado e frágil. E já não sabia em quem podia confiar, porque o Gordo Carboni tinha lhe dado bons conselhos, mas tinha se enganado ao dizer que todos os paraguaios eram marginais, porque Aldo, que era de Assunção, o tinha ajudado. Pensou, além disso, que até dois dias antes nunca teria acreditado que soldados fardados pudessem lhe roubar, tão parecidos que eram com seu irmão quando acabava de chegar em casa, nas folgas do serviço militar. Em Curuguazú ele sabia em quem confiar, podia ser que não conhecesse todo mundo, mas ao menos as caras lhe eram tão familiares quanto as ruas tranquilas. Já ali, no meio do nada, ao contrário, as caras eram todas desconhecidas, distantes, e se aproximavam de repente na velocidade da estrada, até tornarem-se imensas e sinistras, como no sonho da baleia encalhada na copa do ombu, quando podia ver diretamente um de seus olhos, sem no entanto conseguir diferenciar que parte era o corpo do animal e que parte eram os galhos e as raízes da árvore.

# Oito

Depois de caminhar desanimado por duas horas, Daniel chegou a uma ponte que tinha só uma das mãos liberada, porque a outra estava passando por reparos.

Numa extremidade, um homem com uma bandeira laranja alternava com outro homem parado na outra extremidade a passagem do tráfego que ia em direções opostas. A cada cinco minutos formava-se uma fila de veículos que esperava para passar, e Daniel a percorria buscando o olhar dos motoristas, apontando o polegar para o sul. Alguns nem sequer o olhavam, outros faziam-lhe um gesto indicando que iam para ali perto ou que não tinham lugar, outros diretamente diziam que não.

Quando a fila começava a andar sem que ninguém tivesse aceitado levá-lo, sentia certo prazer, martirizava-se somando rejeições. Depois percebeu que o que de fato temia era que alguém o levasse para a capital de uma hora para a outra, então não haveria mais remédio que se animar para passar a noite com Sabrina Love.

Afastou-se da estrada em direção à margem do córrego e sentou-se no gramado, pensando se não seria melhor voltar, ir para o outro lado da ponte e pedir carona para o norte, talvez alguém o deixasse naquela outra ponte por onde passaria, nesta tarde, o gringo da balsa, e talvez nesta mesma noite poderia estar de novo em casa.

Deitou-se de barriga para baixo. Viu passar diante de seus olhos uma fila de formigas pretas que carregavam brotos, pedaços de folhas de diferentes tamanhos e formas, flores miúdas, talos; pensou que esse esforço, proporcionalmente, seria, para um homem, como carregar uma árvore nas costas. Outra vez teve a sensação de estar em outro mundo, distinto do da rodovia, um mundo de outras proporções, mais extenso e ao mesmo tempo microscópico, uma vastidão composta de coisas minúsculas como essas formigas, que não podiam ser vistas ao se passar de carro. Sentia que estar à beira da estrada era como ter caído de um barco em alto-mar, a pessoa passava a outro meio onde imperava a lentidão, e era difícil voltar ao meio anterior com sua velocidade de projétil. De súbito algo arfou perto de seu ouvido. Era um cachorro preto, um labrador. Sentou-se e começou a afagá-lo. O cachorro ficou quieto a seu lado.

— Sombra! — gritava um homem lá dos carros, chamando o animal. — Sombra!

Daniel parou de afagá-lo para que ele voltasse para seu dono, mas o cão não saía do lugar. Então levantou-se e subiu o barranco, e o cão começou a segui-lo. O dono já estava descendo o barranco, quando se encontraram no meio do caminho.

— Ele está cansado de ficar no carro e não quer mais entrar — disse o homem de cabelos grisalhos, que devia ter uns cinquenta anos. — Vamos, Sombra?

Mas o cachorro não se mexia se Daniel não se mexesse, de modo que, já rindo, ele caminhou até o carro parado na fila, para que o cão subisse. O homem, que também estava rindo, olhando incrédulo o animal, viu a bolsa que Daniel carregava e perguntou:

— Vai para Buenos Aires?

— Sim.

— Precisa que te levem?

— Sim. Fiquei pedindo carona por várias horas, mas sem sorte.

— Bom, se quiser, te deixo perto.

Daniel aceitou e entrou em um Renault Break, no banco do passageiro. O homem se apresentou: chamava-se César Gagliardi e estava voltando de um sítio que tinha perto de Colón. A fila andou e cruzaram a ponte.

— E você, como se chama?

— Daniel Montero, sou de Curuguazú.

— Vai a Buenos Aires de visita?

— Sim, tipo isso.

— Como "tipo isso"? Vai visitar quem?

— Uma garota.

— Ah! Então é isso. Quem é?

— Uma garota que faz um sorteio pela televisão para passar a noite com ela.

— Não me diga que foi você que ganhou o sorteio da Sabrina Love?

— Sim — disse Daniel, feliz em saber que alguém a conhecia.

— Não acredito! Sério que foi você que ganhou?

— Sim.

— Mas você sabe que tenho amigos que ligaram para concorrer... Bom, não tenho por que mentir, eu também liguei. Como era o número que saiu?

— Dois mil setecentos e cinquenta e seis.

— Isso mesmo!, e era o seu, que incrível! Parece que umas cinquenta mil pessoas telefonaram. Tem ideia da grana que ganharam? Calcule que o minuto nessa linha de zero novecentos custa quatro pesos, a gravação retinha a ligação por quase cinco minutos até explicar como era, então gravava seus dados e te passava o número, ou seja, com vinte pesos por ligação vezes cinquenta mil, devem ter levado um milhão.

— E vai tudo para a Sabrina Love? — perguntou Daniel.

— Não, vai para os produtores do programa. Descubra lá quanto vão dar a ela.

Gagliardi dirigia com rapidez, andando pela pista contrária para ultrapassar os caminhões e voltando para sua pista quando os carros da contramão já estavam quase em cima, dando luz. Daniel sentiu-se mal.

— E você, quantos anos tem?

— Dezoito.

— Um garoto. E como foi? Você ligou e te disseram quando ir e tudo o mais?

— Sim. Dei meu nome e aí logo viram que eu era o ganhador. Depois me disseram a hora, o dia e o número do quarto.

— E quando vai ser?

— Hoje, às onze da noite.

— Hoje?

A surpresa parecia fazê-lo dirigir com cada vez mais urgência. Daniel tinha receio de colocar o cinto de segurança e isso ofender Gagliardi. Nas manobras mais arriscadas ele se agarrava à maçaneta da porta.

— Não se assuste, faz quinze anos que pego esta estrada uma vez por semana.

Daniel via o mundo ficando para trás a toda a velocidade. Outra vez tudo tinha mudado de escala bruscamente, da trilha mínima de formigas a quilômetros que se escorriam feito uma fita negra sob seus pés. No banco de trás, o cachorro era jogado de um lado para o outro soltando gemidos que mal se ouviam, sem entender que mão invisível o empurrava nas freadas, curvas e acelerações.

— Estar com mulheres é o melhor que pode acontecer com você. Na vida, não há muito mais que mulheres. A grana, bom, os filhos, sim, mas depois eles se mandam, e o que te sobra? Mulheres. Dá para trepar até mesmo sendo velho, isso de impotência é relativo, ao menos para mim, a verdade verdadeira é que se você usar, continua funcionando, é assim.

Já estava anoitecendo. Daniel viu de longe as luzes de uma ponte enorme. Devia ser a Zárate.*

— Eu comecei cedo — Gagliardi continuava falando. — Na sua idade, tinha uma namoradinha que tinha o corpo igual ao da Betty Page, que era uma gata maravilhosa, uma das primeiras a sair nua nas revistas da época. Minha namorada era uma morenona com uma cara horrível, mas com um corpaço como o da Betty Page, e ainda por cima usava o mesmo cabelinho. Ela não entendia por que sempre trepávamos de quatro; era porque eu imaginava que quem estava comigo era a Betty Page pelada, era como se eu tirasse o rosto dela e pusesse o rosto de que eu gostasse, porque por trás era tudo igual, tudo na imaginação, entendeu?, desde que ela não se virasse, claro; por isso eu dizia a ela que olhasse para a frente, imagina, se ela olhasse para mim, arruinaria toda a ilusão. Sempre ficávamos juntos em apartamentos vazios, porque um amigo meu trabalhava em uma imobiliária e eu fazia uma cópia da chave dos apartamentos que estavam sob a responsabilidade dele. A cada vez que meu amigo ia mostrar um apartamento a um cliente, ele fazia a campainha soar duas vezes longamente e uma vez de modo curto; esse era o sinal, caso eu estivesse dentro; assim, enquanto ele estava subindo, tínhamos tempo de nos esconder no armário. Imagina, mais de uma vez continuamos lá dentro, no escuro, os dois meio sufocados. Tinha que trancar a porta por dentro, porque às vezes as pessoas queriam abrir o armário para ver as gavetas, essas coisas.

Ao longe, na linha do horizonte, viam-se alguns relâmpagos. Passaram pelo posto da polícia rodoviária, e então Gagliardi

---

\* O Complexo Ferroviário Zárate é uma importante via de comunicação entre as províncias de Entre Ríos e Buenos Aires. Fazem parte dele duas pontes estaiadas. Zárate também é a cidade que dá nome ao complexo. [N.T.]

diminuiu um pouco a velocidade. O cachorro foi para a frente e sentou-se entre eles, como um passageiro a mais.

— Ele sabe direitinho que só pode vir para a frente depois da polícia. Cruzamos a ponte e deixo você dirigir, Sombra, quer? — dizia afagando o cão e soltando uma gargalhada.

Voltaram a falar sobre Sabrina Love.

— Essa mulher é uma deusa, é gostosa de todos os ângulos, eu pegaria ela em todas as posições. Você tem que pedir a ela que faça a garganta profunda em você. Que inveja, *che*, que inveja.

Daniel dava risada.

— O problema com as mulheres é que uma vez que elas te sobem à cabeça, você está perdido. No meu caso, a perdição herdei do meu pai, que andava para cima e para baixo com mulheres o dia todo, morava um pouco no Brasil, outro tanto na Argentina. Quando estava para morrer de câncer, com sessenta anos, veio um padre para lhe dar a extrema-unção e ele pediu para se confessar. Meu pai disse: "Padre, forniquei com muitas mulheres brancas e também com muitas mulheres negras". O padre disse :"E você se arrepende disso, meu filho?". E ele disse: "Mais ou menos, mas do que me arrependo mesmo é de nunca ter fornicado com uma ruiva". Ele disse isso. Quem me contou foi meu tio, no dia do meu casamento. O engraçado é que me casei com uma ruiva sem saber dessa história.

Depois da rotatória de Zárate, o trânsito emperrou de repente.

— E aqui, que porra está acontecendo?

Não andavam. Mais adiante via-se um fogo de fumaça preta, que o vento empurrava em diagonal. Havia caminhões e tanques policiais.

— Vamos ver — disse Gagliardi.

Desceram e caminharam até onde alguns policiais se preparavam, pondo vestimentas e capacetes protetores, carregando armas compridas e empunhando cassetetes. Mais distante, via-se uma turba de gente atrás de troncos e pneus que quei-mavam sobre o asfalto, mulheres, homens com pedaços de pau, jovens de torso nu, cobrindo a cara com panos e camisetas.

— O que está acontecendo, oficial?

— Os moradores de Zárate. Interditaram a rodovia e a or-dem é dispersá-los.

— Por que estão protestando?

— Isso não é incumbência da força pública.

Então pedras atiradas da barricada começaram a cair por todos os lados e chocavam-se contra o chão, os tanques, os escudos, os carros. Gagliardi pegou Daniel pelo braço e o le-vou até o carro. Entrou irritado.

— Babacas de merda. Ficam saindo na porrada entre eles. Que se matem, sabe. Com certeza alguns são irmãos e ficam aí, trocando pedras e balas de borracha; depois, no domingo, se encontram na casa da mãe para comer raviólis, sacaneiam um pouco um ao outro, mostram os hematomas, aí a mãe os obriga a se abraçarem e, pronto, fica tudo bem.

Gagliardi fez a volta em U.

— Teremos que ir pela estrada de Campana. Não se preo-cupe, garoto, você vai chegar a tempo.

Continuou acelerando, ultrapassando outros carros com impaciência.

— Aqui tudo é futebol, tudo é torcida organizada. Dizem que o argentino é de ter amigos porque não gosta de ficar so-zinho, pura asneira; o argentino precisa do outro só para sa-caneá-lo. Está me escutando?

— Sim — disse Daniel.

— Então por que caralho está olhando para o outro lado?

— Estou olhando o caminho. É a primeira vez que venho para essas bandas.

A estrada corria entre uma pista e a margem de um povoado de construções baixas. A fila de automóveis avançava e freava.

Já era noite. Gagliardi encheu-se e começou a ir pelo acostamento de terra, como outros, e por isso levantava-se um pó amarelado que deixava à vista apenas as luzes dos carros. O vento tempestuoso arrastava folhas secas e papéis, e tinha um cheiro ácido de lixo queimado. Daniel viu uma sombra enorme aproximando-se com um farol adiante, era o trem, fantasmal na neblina de poeira.

Subiram os vidros das janelas para que o cheiro não invadisse o carro. De repente Gagliardi cravou os freios. Quase atropelou uma mulher rodeada de filhos que caminhavam carregando bolsas, com os olhos ofuscados pela terra que se erguia. Meteu a mão na buzina até todos atravessarem, e então pôde passar.

— Este país vai ladeira abaixo, garoto, não presta, tem que destruir e começar tudo de novo.

# Nove

Na rodovia, Gagliardi disse a Daniel que ia virar na saída de Thames, que podia deixá-lo no ponto de ônibus.

— Tem dinheiro?

— Não — disse Daniel, envergonhado.

— Tá, não se preocupe, vou quebrar o teu galho em nome do seu encontro com Sabrina Love.

No pedágio, Gagliardi pagou com uma nota de cinco pesos e deu o troco para Daniel.

— Isso deve dar para você chegar — disse. — Você tem que pegar o Sessenta, então peça ao motorista para te avisar quando estiver na Calle Azcuénaga, onde vai descer.

As primeiras gotas começaram a cair. Gagliardi parou no local em que tinha que virar, indicou o ponto de ônibus e lhe desejou sorte. Daniel agradeceu, despediu-se também do cachorro e desceu. Eram nove da noite. Caminhou até o toldo. Ninguém mais esperava o ônibus. O lugar tinha o reflexo esverdeado das luzes da rodovia. Os automóveis passavam com um breve sopro. Outra vez à beira da estrada, pensou Daniel. Olhou ao longe; como não se via nenhum ônibus, sentou-se. Contra o cordão da ilha de cimento, o vento acumulava uma sujeira arenosa com caquinhos de vidro de para-brisas e faróis quebrados, sacos de polietileno, pedaços de plástico de calotas e para-choques, latas amassadas, papelão. Tudo formando uma mesma ressaca deixada pela maré do tráfego, uma areia feita não de pedra, e sim de carros; o sedimento depositado pelos acidentes somados e misturados, e do qual Daniel sentiu que de alguma forma seus pais faziam parte.

A chuva apertou, caindo em rajadas que começaram a molhar seus pés. O ônibus não aparecia. Daniel previu que se molharia ainda mais, porque o toldo era feito apenas de um teto, sem painéis laterais, e o vento varria a água lateralmente. Pegou o saco que o velho da balsa tinha lhe dado e cobriu suas coisas por dentro da bolsa, para mantê-las secas.

Quando viu que o Sessenta se aproximava, já estava todo empapado. Estendeu o braço com a palma da mão para o alto e achou que parar um ônibus tão grande e cheio de gente assim, com esse gesto, era um ato de soberba.

A viagem durou quase uma hora, mas para ele fez-se muito mais longa, afinal estava em pé, sem conseguir assento, tremendo de frio por causa da roupa úmida, assustado e com um pouco de febre, entrando aos poucos em uma cidade que parecia infinita, o encontro com Sabrina Love acontecendo repetidas vezes em sua cabeça e das formas mais variadas, enquanto via ficar para trás os quarteirões escuros e desconhecidos, e subia mais gente barulhenta que ia passar a noite do sábado no centro. Imaginava que ela o veria entrar na suíte e então cancelaria o encontro por ele ser muito novo, imaginava a si mesmo deixando extenuada a mesmíssima Sabrina Love, plácida sobre a cama com um sorriso de gozo, imaginava que o filmavam ao chegar, que não acreditavam que era ele, que a abraçava e não sabia o que fazer. De vez em quando perguntava a outros passageiros se faltava muito para chegar à Calle Azcuénaga, e lhe diziam que sim. Para ele era essa a única rua que tinha nome, o resto era um labirinto desfocado de luzes de néon visto através da água que escorria pelas janelas. Em um lugar viu gente entrando nos cinemas, era Belgrano; depois o ônibus, um pouco mais vazio, virou e tomou uma avenida estreita que parecia interminável, era a avenida Luis María Campos; mais adiante alguns passageiros fizeram o sinal da cruz simultaneamente, passavam em frente à igreja de San Agustín. Sentiu medo. Quando conseguiu um lugar para se sentar, perguntou outra vez. Tinha que descer na parada seguinte.

Eram dez e meia e quase já não chovia. Na esquina viu a placa que dizia "Azcuénaga" e caminhou até o número dois mil, cruzando a avenida Las Heras. De um lado da rua, viu o imenso muro do cemitério da Recoleta. Atravessou a música e por entre as pessoas na calçada de um bar e chegou a uma porta que dizia "Keops — Hotel Transitório", onde havia uma cascata iluminada ao lado de uma saída de garagem. Entrou achando tudo estranho, apertando os dentes, obrigando-se a atuar sem já reconhecer o motivo, porque o desejo tinha se misturado a uma capa de medo escuro que envolvia suas entranhas.

Por trás de uma janelinha opaca, o porteiro o olhou com desconfiança:

— O que você quer, rapaz?

— Sou o ganhador do concurso de Sabrina Love.

O homem lhe pediu o documento, verificou algo anotado num papel e ligou pelo interfone.

— O pessoal da produção já vem.

Nas diagonais das paredes atapetadas havia grandes espelhos. De canto de olho, Daniel achou que tinha visto alguém. Virou-se e se viu refletido com a barba de dois dias, sujo de terra do trajeto e uma cara cansada e hesitante, os cabelos molhados, uma gota de água escorrendo pelo nariz, a roupa úmida, segurando uma bolsa debaixo do braço. Rapidamente começou a aprumar-se, penteou os cabelos para trás e tirou a jaqueta jeans. A camiseta molhada grudava-se ao corpo feito uma febre.

Veio um homem baixo com os cabelos cortados à escovinha e paletó mostarda com as mangas arregaçadas.

— Como tá, campeão? — disse a Daniel dando-lhe uma palmada na bochecha. — O que aconteceu com você? A chuva te pegou?

— Sim. Eu poderia tomar uma chuveirada em algum canto, antes de encontrar Sabrina? Acabo de chegar e...

— Tem um probleminha. Você pode vir na segunda?, porque, deixa eu te explicar, atrasou tudo e a Sabrina está filmando agora.

— E amanhã, ela não pode?

— Não, domingo não, ela é muito religiosa.

— É que viajei muito para chegar...

— Por isso mesmo, na segunda você vai estar melhor, concorda? Tudo igual, a mesma suíte, às onze. Aí você vem mais arrumadinho, sabe, olha que a Sabrina é uma rainha. Traga umas flores ou algo assim para ela.

O homem o acompanhou até a porta.

Daniel caminhou perdido até uma praça e sentou-se num banco, sem se importar que estivesse molhado. Já tinha parado de chover. Pensou que não devia ter se deixado levar até a porta com tanta facilidade, tinha que ter discutido mais. Agora não podia fazer outra coisa a não ser esperar até segunda-feira; além do mais, não tinha calculado essa possibilidade de ter que procurar um lugar para dormir tão tarde nesta mesma noite. Vestiu a jaqueta e descobriu que tinha areia nos bolsos; lembrou-se do caminhão que o levara nessa manhã, de Aldo sepultado pela metade; lembrou-se do almoço. Estava com fome. Pegou o endereço do amigo de seu irmão, um pouco borrado, mas legível. Sobravam-lhe algumas moedas para pegar um ônibus. Caminhou de volta para Las Heras, em uma banca de jornal perguntou como chegar, e lhe disseram que tinha que tomar o ônibus Trinta e Seis e descer antes de cruzar a avenida San Juan.

Em menos de meia hora, depois de rodar em um ônibus meio vazio e de andar por alguns quarteirões, viu-se em frente à porta de vidro de um edifício de apartamentos na avenida Entre Ríos, número novecentos. Chamou pelo interfone. Soou uma voz de homem: "Descendo". Esperou. De repente chegaram entre risos três pessoas fantasiadas, um leão, um havaiano e um mergulhador que parecia ser uma mulher. Tocaram várias vezes o interfone, mas ninguém respondia, até que se ouviu uma voz que disse: "Estão descendo". Acendeu-se uma luz no patamar da escada, e do elevador saíram dois rapazes com roupas de couro sadomasoquistas, um foi engatinhando até a porta com uma corrente no pescoço presa ao outro. Os fantasiados do lado de fora riam. O sadomasoquista que engatinhava como se estivesse possuído por uma voluptuosidade felina usava uma focinheira com uma bola vermelha enfiada na boca. Olhou de repente para Daniel, que estava parado num canto, sério, desconfortável, e abandonou de imediato seu histrionismo. Fez o outro soltar a corrente e, com gestos impacientes, pediu que lhe tirasse a focinheira. Abriu a porta e, tentando sorrir, cumprimentou os fantasiados.

— Vão subindo, que já vou — disse, e esperou que todos saíssem dali para falar com Daniel.

— O que você tá fazendo aqui, Frango?

— Queria saber se posso ficar pra dormir. Acabei de chegar e...

— Não podia ter avisado?

— Você não tem telefone.

— Apareceu justo numa festa. À fantasia. Isto é uma fantasia — disse, agarrando o colete de couro.

— Tudo bem. É só por umas noites, Ramiro, depois eu vazo.

— Não dá para você ficar, foi mal, mas...

— Então você pode me dar os cem que está me devendo, da moto? Preciso do dinheiro com urgência — disse Daniel.

— Aposto que você vai voltar a Curuguazú e contar pra todo mundo que eu estava engatinhando pelo chão, com isto na boca, vestido assim.

— Se quiser eu não digo nada, mas me dê os cem pesos.

— Está me extorquindo? — disse Ramiro, nervoso.

— Não — disse Daniel. — Por que vou te extorquir?

— Porque você vai voltar e vai espalhar que me viu assim.

— E o que tem de errado você estar assim? Não disse que é uma fantasia?

— Sim, mas lá em casa podem acabar pensando qualquer outra coisa.

— Bom, não vou dizer nada e pronto. O que estou perguntando é se pode me dar os cem pesos.

— Tá vendo? Está me extorquindo.

— Bom, tudo bem, se preferir, estou te extorquindo, sim; me dê o dinheiro e eu não conto nada.

Ramiro hesitou, depois o fez passar e entraram no elevador. Fechou as portas ruidosamente, com força exagerada, apertou o botão do décimo quinto andar e disse:

— Estou morando com um cara, sabe, te conto de uma vez para...

— E o que é que tem?

— O que quero dizer é que estou *saindo* com um cara.

— Saindo pra onde?

— Para lugar nenhum, Daniel — disse Ramiro, tentando se controlar. — Estou namorando um homem, gosto de homens, sou gay.

Daniel não sabia o que dizer e olhou para o painel de botões.

— A última vez que usei um elevador foi aos onze anos, num hotel em Paraná.

— Daniel, se você contar alguma coisa em Curuguazú e meus pais ficarem sabendo, vai ferrar comigo, porque podem levar muito a mal.

— Não se preocupe — disse Daniel. — Não vou contar nada.

— Nem para o seu irmão.

— Tá — disse, e através dos buracos da porta do elevador observava os andares que passavam um depois do outro, como se o tempo, listrado, repetisse a imagem de um mesmo instante.

# Dez

Entraram na barulheira de um apartamento cheio de gente fantasiada. Havia bruxas, ciganas, náufragos, árabes, freiras, toureiros, alguns indecifráveis, imperadores romanos, viúvas, mulheres-gato, ursos. Daniel deixou suas coisas num canto e ficou observando o movimento, sentindo-se desconfortável e aturdido e sem saber o que fazer com as mãos. Ramiro disse:

— Não tenho dinheiro aqui, mas amanhã faço um cheque e na segunda-feira você desconta. Se quiser ficar para dormir, pode ficar. E junte-se ao baile. Aqui tem amigos da faculdade, do grupo de teatro, gente que conheci indo dançar... Nem todos se conhecem, então não precisa ficar inibido.

— Tá.

— Daniel, em Curuguazú você diz que eu estava estudando feito louco, certo?

Um árabe, uma viúva e o havaiano aproximaram-se para decretar que Daniel não podia ficar sem fantasia, que tinha que se vestir de algo. Ele tentou resistir, mas o conduziram da cozinha até um quarto vazio, passando por meio da algazarra e pelo bafo de maconha. Remexeram os armários embutidos e, em seguida, com um chapéu de palha, uma camisa velha amarrada à cintura, uma calça desfiada sob os joelhos e um par de chinelos, o fantasiaram supostamente de espantalho, embora ele se visse mais parecido com um figurante de televisão tentando atuar como caribenho. Daniel disfarçava o riso. Passaram um cabo de vassoura por dentro das mangas de sua camisa, para que desse jeito sustentasse os braços em posição horizontal, e o deixaram assim, crucificado no corredor, até que ele tirou o cabo para não se atrapalhar ao andar, voltou à sala, mais envergonhado do que antes, procurando não averiguar se estavam olhando para ele ou não, e foi até uma mesa onde havia cerveja e frios para fazer sanduíches.

Observou as pessoas dançando, as que estavam sentadas no chão ou entrando e saindo da varanda. Um degolado com a cabeça pendendo de uma mão, agarrada pelos cabelos, se aproximou e o cumprimentou, depois começou a devorar pães e presunto por uma abertura que tinha no peito. Em seguida surgiu uma Eva de biquíni com uma folha de uva no púbis e os peitos estrategicamente cobertos pelas mechas de uma peruca loura e comprida. Olhou para Daniel e ele para ela, sem conseguir evitar que seu olhar escorregasse mais de uma vez para suas ancas redondas.

— Barman, me passa a cerveja, por favor?

— Por que "barman"? — perguntou Daniel, estendendo-lhe a garrafa.

— Pensei que você fosse o barman, já que não sai do lado da mesa. Está fantasiado de quê?

— Não sei muito bem, inventaram para mim uma fantasia, para eu me soltar mais. Pena que não me puseram alguma coisa que me cobrisse até a cara.

— A fantasia às vezes revela, em vez de ocultar... — ela disse — revela o que a pessoa é, ou considera que é, ou tem medo de ser, ou gostaria de ser e não tem coragem.

— Tudo isso?

— Sim — ela disse.

— Mesmo quando são os outros que escolhem a sua fantasia?

— Sim. Você acha que te fantasiaram de quê?

— De caipira bobão.

Os dois riram. Depois ela foi adiante com sua teoria:

— Pode ser que você tenha se sentido assim enquanto escolhiam a sua fantasia, e de alguma maneira você mesmo tenha provocado esse resultado. De onde você é?

Daniel disse que era de Curuguazú. Conversaram um pouco. Ele contou que tinha viajado pegando carona, que tinha acabado de chegar e que, embora tenha vindo a Buenos Aires quando criança, com seus pais, era como se agora fosse a primeira vez, porque não se lembrava de nada. Ela o escutava atentamente, assentindo e mordendo os lábios, afugentando os homens que se aproximavam da mesa com cantadas. Um César meio pelado lhe disse:

— Eva, não quer que eu tire a toga e me transforme em Adão, para juntos condenarmos a humanidade?

— Não, cara, nem em sonho. Além do mais, vou te falar que se Adão fosse como você, ainda estaríamos no paraíso.

Chamava-se Sofía. Tinha nascido em Lincoln, província de Buenos Aires. Contou a Daniel que estava começando a estudar sociologia, que no dia seguinte, domingo, tinha que ir à feira da Recoleta com umas colegas da faculdade para fazer um trabalho de campo. Convidou-o para ir e conhecer o lugar.

— Às quatro, em frente à igreja do Pilar.

Daniel aceitou, um pouco preocupado. Pensou em já averiguar como chegar, sem saber que naquela mesma noite tinha estado a poucas quadras dali.

Eva foi dançar. Ele continuou a tomar cerveja, sem acreditar no encontro que tinha acabado de marcar, contente, já quase se esquecendo de seu traje de espantalho de fronteira.

Foi até a cozinha para procurar outra garrafa e entrou outra vez no bafo doce e espesso da maconha. Ouviu que as pessoas ali diziam que estava chegando a hora do oráculo do Chalón e olhavam para um sujeito de bigode e cabelos pretos e longos, com a metade do corpo para fora de uma fantasia de urso, que fumava um cigarro grosso de erva, sentado em uma banqueta com os olhos fechados. O torso nu tinha uma tatuagem circular. Quando começou a se balançar e a salmodiar baixinho, todos o rodearam. Alguém perguntou:

— Já podemos consultar o oráculo?

Assentiu de leve, dando uma tragada profunda.

A garota fantasiada de mergulhadora colocou-se na frente, abriu um pouco o zíper da roupa de neoprene e ele apoiou a orelha sobre o coração dela. Ficou assim por um tempo, depois disse, em tom de provérbio chinês:

— Não temas o caranguejo, e sim o tubarão — e o arrematou com uma frase típica de começo de contos infantis. — No fundo do mar, encontram-se grandes tesouros.

Um rei de paus disse baixinho para Daniel:

— Esse otário fazia a mesma coisa antes, só que apoiando a mão na testa das meninas. Eu sugeri a ele uma nova variante.

Outra garota surgiu, fantasiada de integrante do grupo ABBA, e abriu alguns botões de sua camisa turquesa. O necromante apoiou a cabeça em seu peito, como se fosse adormecer ali, escutou atento e, sem se desgrudar dela, disse:

— Seu coração diz que o raio irromperá à noite. Não será mais virgem.

A garota se afastou sorrindo e disse: "Este oráculo está atrasado".

Languidamente, entre gargalhadas, as pessoas faziam o baseado circular. Daniel deu várias tragadas. Mais garotas foram ver o oráculo para receber frases que soavam como aforismos misturados a profecias de horóscopo de revista. "Ano bom para os frutos do mar", disse para uma sereia. Para a Mulher-Gato disse: "O equilíbrio é o orgulho do felino". Para a freira, "Deus não está te esperando". Mas a profecia que mais tempo durou foi a da cigana, que imediatamente foi levantando a blusa e debaixo dela foi enfiando a cabeça do adivinho, que, por fim, saiu sufocado e lhe disse: "O perfume da vida está abrindo caminho. Troque de desodorante".

Quando chegou a vez dos homens, o oráculo disse que não era preciso que eles abrissem a camisa, porque nos machos as batidas do coração pulsavam com mais força e atravessavam a roupa. Para um César, disse: "Em seu coração soa a adaga"; ao náufrago, "Sua gata será a mãe de seus filhos". Quando foi a vez de Daniel, auscultou-o brevemente, olhou-o com olhos achinesados e entreabertos, e disse: "Deem de beber de uma vez a esse cavalo".

Depois do oráculo do Chalón, à órbita da maconha somaram-se algumas rodadas de tequila e Daniel já começou a deter o olhar nos objetos por mais tempo, a ficar distante de um modo intermitente, em certos momentos percebendo a realidade estrepitosa da festa, mas caindo de repente numa intimidade de águas confusas que o deixavam zonzo por causa da velocidade das ideias articuladas de modo acrobático. Entrava e saía da festa para seu redemoinho íntimo, caminhando pelo apartamento, falando com as pessoas, esforçando-se para entender os pensamentos que se deformavam e escorregavam de suas mãos à medida que tentava explicá-los, sem saber mais onde tinha começado tudo aquilo. Por causa da chegada de um casal meio despenteado e com a roupa amarrotada de uma forma que sugeria que tinham acabado de transar, pensou que, se o ser humano fosse como os cães, que ficam enganchados durante um tempo depois do coito, o casal teria vindo enganchado um ao outro, como se estivesse dançando um tango, e isso seria comum e o anfitrião lhes abriria a porta, os veria enganchados e diria "Que amorosos, vieram mesmo assim!", e o casal enganchado caminharia pela festa como se estivesse dançando, não para disfarçar a atadura, e sim por necessidade, e haveria roupa para enganchados, como um macacão para siameses, e também poderia haver enganchados por trás que chegariam fazendo um trenzinho, e as senhoras diriam em voz baixa "Na minha época não se ia a eventos com gente enganchada por trás" ou "Não se pode confundir enganchar com enganchamento", mas um dos enganchados podia não ter sido convidado, de modo que entrariam do mesmo jeito e haveria um guarda controlando os enganchados penetras para que não permanecessem na festa, dizendo-lhes: "Você já conhece a regra: assim que se desenganchar, vai embora". E Daniel queria explicar tudo isso a um pirata que o olhava lá de seus próprios mares antípodas, mas nem tinha encontrado a ponta da ideia e as coisas já iam ficando para trás, substituídas por outras, como a paisagem da estrada naquela manhã.

Entre o tumulto de animais e personagens, dançou alguns gêneros de que gostava até que se viu refletido na porta envidraçada, movendo-se de forma desarticulada com um copo vazio na mão, e ficou envergonhado. Saiu à varanda e a vertigem de quinze andares, com os automóveis de brinquedo passando ao fundo, o acertou no meio do equilíbrio; nunca estivera em um lugar tão alto. Foi procurar Eva (não se lembrava do nome dela) e começou a abrir portas abruptamente: em uma, viu um leão começando a devorar os peitos de uma sereia; em outra, viu o Super-Homem sentado no vaso sanitário; em outra, um árabe dormindo; em outra escutou barulhos, acendeu a luz e surpreendeu uma policial já sem quepe dominando sedosamente uma civil. Foi à cozinha; agora, na ciranda dos que sobravam de pé, circulava um mate. Cruzou com Ramiro e perguntou por Eva. Disse que ela já tinha ido embora.

Sentia as máscaras e as risadas precipitando-se sobre ele. De repente teve que se sentar. Apoiou a nuca na parede. Sentia um cansaço geográfico: em uma piscada via todos os quilômetros percorridos naqueles dias. Fechou os olhos. Agora estava na balsa, nada tinha acontecido, tinha que voltar a percorrer aquela distância. Tentou se endireitar. Entre a agitação, pensou ver o soldado de cabelo raspado e sentiu o medo feito um golpe. O soldado tinha sangue na testa e o olhava quieto, oferecendo-lhe uma navalha com o braço estendido em meio às pessoas que dançavam, mas desapareceu, coberto pelo movimento. Daniel sentiu que o sacudiam, o havaiano comentava algo aos berros, mas ele não entendia nada. No meio da sala, tinham começado a pular e a se empurrar. Viu que trocavam chutes e se puxavam pela roupa até caírem no chão. Um deles caiu-lhe em cima. Daniel viu o náufrago a seus pés, suado, retorcendo-se de tanto rir. Pouco a pouco o céu raso e o resto da festa deslizaram para um canto, então sentiu um tapa no ombro. Alguém o ajudou a se levantar do chão e o levou até a área de serviço. Era Ramiro. Viu-o encher o tanque de água. Daniel afundou a cabeça até a nuca e caiu dentro de uma recordação azul e silenciosa, nadando sob a água na piscina do Clube Esportivo de Curuguazú, com seus óculos de mergulho novos, olhando a própria sombra fugidia e os hexágonos oscilantes de luz no fundo azul-claro, vendo as mulheres de perto pela primeira vez, os corpos zebrados pelos raios de sol, as circunferências plenas e sem gravidade, rodeando-as devagar, descobrindo as coxas nos mínimos tremores do nado, os seios em seu elemento verdadeiro, aos doze anos, quando emergia para tomar ar na superfície barulhenta do clube, com vozes e gritos e cigarras, só para voltar com ainda mais prazer ao silêncio daquele outro mundo novo de quadris de cinturas jovens, mergulhando nas descobertas de cabeleiras que ondulavam feito algas, prendendo a respiração, voando ao redor de adolescentes de biquíni, engrandecidas pelo efeito de lupa da água.

# Onze

O vento fresco atenuava as náuseas da espera sob o sol das quatro da tarde. As pessoas pululavam em frente ao átrio da igreja do Pilar. Daniel tinha acordado depois do meio-dia, com o corpo quebrado por ter dormido no piso de lajotas geladas da área de serviço. Abatido por causa da ressaca, tinha tomado apenas uma xícara de café na cozinha enquanto Ramiro lavava os copos e os cinzeiros.

— Quem é Sabrina?

— Por quê? — disse Daniel.

— Porque de noite você estava delirando e repetia "Sabrina, Sabrina".

— Ah. É uma garota que conheci em Curuguazú.

— Ah, *che*, vi no jornal que estava tudo inundado. Até onde chegou a água? — Ramiro perguntou.

— Até a estrada de pedras.

— E seu irmão, como está?

— Não consegue trabalho e dorme o dia todo.

— E a namorada?

— A mesma coisa. Dormem semanas inteiras. Ramiro, me empresta dez pesos? Vamos fazer o seguinte: amanhã você me faz um cheque de noventa, em vez de cem.

— Tá.

— Depois de sair, toco o interfone para entrar outra vez?

— Não. Leve o molho de chaves que está pendurado ao lado da porta. Aonde você vai?

— Não sei, vou dar uma volta por aí.

— Vá com cuidado, olha que isto não é Curuguazú. Aqui estouram a sua cabeça sem sequer perguntar nada.

— Quando estava pedindo carona, me assaltaram.

— Onde?

— Na rodovia, antes de Colón.

— Você veio pedindo carona?

— Ahã.

— E por que tinha tanta urgência de vir a Buenos Aires?

— Por nada — disse Daniel levantando os ombros. — Você ainda tem a moto?

— Não. Vendi quando estava em pedaços, me pagaram um terço do que paguei a você.

— E na viagem até aqui, como ela se comportou?

— Se comportou bem, vim devagar — disse Ramiro. — Cheguei congelado, porque vim em julho; punha papel jornal debaixo do casaco para cortar o vento, você não sabe o que era aquilo. Ainda por cima, imagine chegar aqui sem conhecer o trânsito nem as avenidas. Passavam por cima de mim.

— E agora, já se acostumou a Buenos Aires? — Daniel quis saber.

— Sim, agora sim.

— E não tem saudade?

— Sim, sem dúvida — disse Ramiro. — Mas agora tenho tudo aqui, não conseguiria voltar. Além do mais, não poderia morar com meus pais. Para mim, é difícil até mesmo voltar para o Natal. Eles pagam o meu aluguel e a faculdade porque acham que estou estudando agronomia. Cada vez que vou para lá tenho que ler algumas páginas de algum manual de pastagem ou de botânica e mentir um pouco ao meu pai, quando ele me pergunta que matéria estou estudando. Então digo umas duas coisas e depois mando uma de que não fui até lá para falar da faculdade, que quero estar com a família. É horrível.

— E se você disser a verdade, o que acontece?

— Não sei, seria tipo uma catástrofe — disse Ramiro rindo. — Imagine meu pai: o filho mais velho dele, o que vai dar o exemplo aos irmãos mais novos formando-se engenheiro agrônomo, o que vai lhe dar a satisfação de trabalhar a seu lado assessorando fazendas... Ele morre. Às vezes imagino que conto tudo pelo radiotransmissor que ele tem na caminhonete, na frequência à qual estão conectados todos os agrônomos e veterinários de Curuguazú. Pense no meu pai batendo papo, à tardinha, com esses caras que dirigem trator e que moram em trailers com pôsteres de mulheres de peito de fora. De repente meu pai escuta pelo rádio da caminhonete — Ramiro pegou a esponja de lavar louça como se fosse um microfone: —"Rádio dez, rádio dez, rádio dez." "Sim, positivo, rádio dez. Câmbio." "Papai, está na escuta? Câmbio." "Sim, te escuto bem, Ramiro. Câmbio." "Papai, olha, tenho que te dizer algo importante: não estou estudando agronomia; na verdade, faz dois anos que estudo comunicação social. E tem mais uma coisinha, dou o cu. Câmbio."

— Mas algum dia eles vão ficar sabendo — disse Daniel.

— Algum dia. Acontece que primeiro quero me formar e conseguir um trabalho para poder ficar aqui, mesmo se não me mandarem mais dinheiro. Aí em seguida contaria a eles que não estou estudando agronomia. O resto virá depois, ou nunca, não sei.

— Custa muito caro estudar e alugar um apartamento?

— Por quê? Está pensando em vir estudar em Buenos Aires?

— Não sei, acabei de pensar nisso.

— Mas você não está estudando nada lá?

— Não. Tenho um trabalho no Zaychú.

— No Zaychú?

— Sim.

— Não! Você tem que estudar alguma coisa. Ou vai passar a vida cuidando de frangos?

— Não, isso é só para segurar a onda agora.

— E se você vier, o que gostaria de estudar?

— Acho que medicina — disse Daniel.

— Abriria um consultório em Curuguazú, como o que seu pai tinha?

— Poderia ser, sim.

Enquanto conversavam, Daniel ficara observando Ramiro e procurando algum gesto afeminado ou algo em sua maneira de vestir que sugerisse sua homossexualidade, sem encontrar nada. Se não tivesse sido ele mesmo a lhe dizer, não teria acreditado. Depois de tomar banho e de se informar sobre como chegar à Recoleta, saíra, sem almoçar, para o calor da avenida para pegar o ônibus, arrasado pela ressaca e ao mesmo tempo ansioso para se encontrar com Sofía, mas pensando que uma feirinha era o último lugar aonde gostaria de ir. Agora a esperava sob o sol, olhando as pessoas passarem.

Viu-a chegar fresca, com uma blusa de alcinhas, os ombros nus, sandálias e uma saia longa com flores estampadas. Tinha os cabelos tingidos num tom avermelhado, lisos, emoldurando o rosto de olhos grandes.

— Minhas amigas não vêm, deram para trás — disse ao cumprimentá-lo. — Quer conhecer o cemitério?

— Acho que não — disse ele.

— Vamos, você vai gostar.

Atravessaram o alto pórtico da entrada e caminharam pelos corredores entre as fachadas das abóbadas, tentando não se perder. Daniel sentiu que os dois eram como gigantes chegando a uma cidade sinistra e abandonada.

— E não mora ninguém aqui? — perguntou.

Sofía riu:

— Como alguém vai morar aqui?! É um cemitério.

— Mas parecem casas — disse Daniel —, parece que é como se as pessoas morassem no mesmo lugar onde estão seus mortos.

À medida que avançavam, iam espantando os pombos pousados na cabeça e nos braços dos anjos. Daniel olhava os mausoléus amontoados, a vegetação que crescia entre as fendas do granito, os féretros que mal se viam através dos vidros sujos.

— A que horas da madrugada terminou a festa? — ela perguntou.

— Não sei, acabei dormindo no chão, com fantasia e tudo.

— Isso é perigoso. Os índios de algumas tribos acreditam que se um homem dorme vestido com a fantasia de um animal, ele se transforma nesse animal.

— Quer dizer que eu me transformei em espantalho?

— Bem... Olha só como os pombos voam e os gatos fogem quando passamos.

— Então também sou um espanta-gatos.*

— Um espanta-gatalho — disse ela.

— E o trabalho que você tem que fazer para a faculdade? — perguntou Daniel.

— Já pensei mais ou menos em como vai ser — disse ela. — Escolhi a Recoleta porque é bastante fácil. Vou falar de Eros e Tânatos.

— O que é isso?

— São as duas pulsões que o ser humano tem: a vida e a morte. Preste atenção no que é isto, é um grande monumento à morte, uma necrópole, o Tânatos perpetuado em mármore,

---

\* O trocadilho funciona de modo mais eficiente no original, pois "espantalho" em espanhol é *espantapájaros* (literalmente, "espanta-pássaros"), daí que "espanta-gatos" completa bem a brincadeira. [N. T.]

exposto à luz do dia, como um passeio público, com nomes e sobrenomes querendo imortalizar a virtude e a honestidade. Do outro lado deste muro, na calçada da frente, está vendo aquelas janelas?, são motéis...

Daniel olhou para baixo.

— ... são como templos do amor, o Eros fugaz, transitório, de portas trancadas, anônimo, secreto, visto como algo clandestino, vicioso e desonesto. Acho que o contraste entre essas duas coisas mostra um pouco da sociedade. A morte se mostra e a vida se esconde. É simples, mas vou falar disso, mais ou menos.

Daniel a escutava assustado.

— Quantos anos você tem? — perguntou.

— Vinte e três. E você?

— Quantos acha que tenho?

— Não sei. Quantos?

— Dezessete — ele disse.

— Parece mais velho. Não só pelo físico, como também pelo olhar, essas coisas.

Sofía o levou ao Museu de Belas-Artes, mas Daniel não ficou muito entusiasmado; de tudo o que pôde ver ali, era Sofía o que mais lhe interessava. Caminhou pelas salas fingindo curiosidade, demorando-se de leve diante das obras, mas na verdade era para ela que ele olhava, ela parando na frente dos quadros, prendendo um dos braços por trás das costas e apoiando a perna relaxada sobre o outro calcanhar, ou rodeando as esculturas com passos que alternavam a tensão das nádegas amoldadas pela saia solta, ou se agachando para ler as legendazinhas, fazendo com que a blusa se levantasse um pouco, deixando à mostra parte das costas nuas com uma penugem clara e apessegada. Com percursos elípticos, ambos fingiam não estar vigiando um ao outro; ele a espreitava com passos cuidadosos, lentamente; ela se desvencilhava para então se deixar alcançar, incitando-o.

Na saída, ela perguntou:

— Você sabia que Ramiro é gay?

— Não, não sabia.

— E ficou surpreso?

— Ontem sim, muito — ele disse. — Quando ele me contou, pensei "Eu é que não fico aqui para dormir nem ferrando".

— Mas ficou.

— Sim. Entre o baseado e a tequila, nem me lembrei disso. Mas então hoje, quando o vi vestido como sempre e percebi que nos tratávamos do mesmo jeito que antes, achei que não tinha nada demais.

— E o que teria demais?

— Não sei. Imagine se ele me olhasse com vontade.

— Deixe de ser tonto. Ele tem namorado. Além disso, não ia ficar atrás de você.

— Mas para mim é difícil entender como ele pode gostar de homens.

— Do mesmo jeito que se gosta de mulher.

— Sim, mas como?

— Ué, você gosta de alguém, gosta de como a pessoa se veste, como te olha, gosta das mãos, da pele da pessoa...

— Das mãos? — disse Daniel.

— Sim. Você, agora há pouco, no museu, não me olhava o tempo todo?

— Desculpe — disse Daniel, enrubescendo.

— Não seja bobo, gosto que você me olhe. Eu também te olho. Mulheres gostam de homens, e alguns homens também.

— E minhas mãos, como são? — ele quis saber.

— Deixe eu ver — disse Sofía, pegando uma de suas mãos. — Lindas — disse, e não a soltou até acabarem de atravessar as avenidas.

— Parece que na China ou no Japão, não sei bem onde — disse Daniel —, a coisa está se invertendo e estão começando a discriminar os que não são homossexuais.

— Os heterossexuais?

— Sim. Por causa da superpopulação. Os casais que podem ter filhos são malvistos, são apontados como os culpados por todos viverem apertados. Socialmente é melhor ser gay. O Estado tenta baixar cada vez mais a natalidade e dá dinheiro às prostitutas para que elas cobrem barato. Também parece que em alguns banheiros públicos, em uma das cabines, em vez de ter um vaso sanitário, tem uma boneca que, com umas moedas, se mexe e os caras tr...

— Transam com ela? — disse Sofía, com cara de espanto.

— Sim, em posição de cachorrinho. A boneca fica tipo numa tarimba, à altura de um homem parado. E cada vez são feitas com mais realismo. Parece que a última tem uns botões onde, antes de começar, você põe ali seu nome e ela repete entre os arquejos da gravação.

— De onde você tirou isso?

— Li numa revista.

— Qual?

— Não sei, não me lembro.

Andaram pela feira, pelas barraquinhas onde se vendiam brincos e anéis, vestidos coloridos, porta-retratos, carteiras, caleidoscópios, máscaras. Abriam passagem lentamente entre a turba. Daniel contou que, em Curuguazú, nem nos dias mais concorridos do Carnaval via-se tanta gente no mesmo lugar.

No ar tépido, surgia de vez em quando um cheiro doce de amêndoa caramelizada que lhe levava de volta às náuseas etílicas. Ouviram um homem que cantava com o violão e a voz amplificados por um alto-falante áspero; viram um grupo tocando uns tambores e fazendo capoeira; mais adiante, um casal vestido de suburbanos punha para tocar tangos num gravador e dançava com cortes e quebradas que tinham algo de cartão-postal. Havia zonas onde as diferentes músicas se sobrepunham, fazendo com que tudo parecesse desafinado, fazendo com que a própria realidade tivesse algo dissonante entre os malabaristas, o olhar envelhecido do sorveteiro, os pintores sem braços com o pincel na boca, os lança-chamas que cuspiam fogo como se queimassem uma fúria acumulada, os palhaços improvisados, os tarólogos. Daniel começou a se sentir mal, parecia que a festa da noite anterior tinha se prolongado até o dia alto e se tornado multitudinária até se transformar nessa feirinha, como se Buenos Aires inteira fosse assim, uma multidão de gente fantasiada sob o sol de dezembro.

Sofía quis parar em um círculo de curiosos para assistir a dois trovadores que tinham o rosto pintado e faziam malabarismos com tochas. Em um dos lados, um terceiro, que estava de cócoras, molhava mais tochas com combustível e respirava dentro de uma lata. Tinha o rosto pintado de verde. Jogavam as tochas uns para os outros sem muitos floreios. Para a apresentação seguinte precisavam de voluntários. Foram buscando gente no círculo, levando pela mão as pessoas ao centro: um turista com cara de alemão, dois garotos de cabelos compridos que sorriam envergonhados. Daniel tentou retroceder, mas foi em vão, já o tinham capturado. Fizeram todos se deitarem no chão, ombro com ombro, cada um segurando uma tocha. Os três trovadores começaram a saltar, um por vez, por cima das chamas. Voavam e caíam perto de Daniel, que era o último na fila e lá de baixo via passar as solas das sapatilhas de borracha e as calças de um tecido colorido e brilhante. No último salto, o da cara verde esbarrou com o pé na tocha de Daniel, que teve que mexer a cabeça para se esquivar da ponta do cabo, que cravou a grama. Daniel sentiu algo lhe roçar o crânio. Levantou-se entre aplausos e foi para onde estava Sofía. Pôs a mão entre os cabelos e, ao retirar, viu que tinha sangue. As pessoas começavam a se dispersar, porque os trovadores passavam o chapéu. Sofía lhes disse que Daniel tinha se machucado, e um deles ofereceu gasolina para ele passar na ferida, os outros dois nem lhe deram atenção.

Daniel dizia que não tinha importância, mas Sofia começou a insultá-los, até que o da cara verde respondeu:

— Olha aqui, mocinha, é um número de risco e seu namorado se ofereceu voluntariamente, então que aguente e vire um homenzinho.

Daniel teve que pegá-la pelo braço, porque Sofía os insultava aos gritos e ameaçava denunciá-los. Os trovadores se afastaram com os trastes nos ombros, quase sem disfarçar um sorriso.

Demorou um pouco para tranquilizá-la, dizendo que era apenas um raspão, que não se preocupasse. Sofía insistiu para que fossem à sua casa tratar da ferida. Pegaram um ônibus lento, estancado na pachorra dominical, e chegaram ao pequeno apartamento onde morava Sofía, perto do Jardim Botânico.

— Sente-se aqui — ela disse, e foi procurar algo para cuidar dele.

A luz da tarde entrava com um brilho cansado na parede sobre uma tapeçaria étnica e alguns pôsteres dos Rolling Stones.

— Gosta dos Rolling Stones? — gritou Daniel.

— Não — ela disse e apareceu com algodão e um frasco de álcool. — Vamos ver, me mostre onde se machucou.

Começou a afastar os cabelos dele devagar e o fez abrir os joelhos, para que ela pudesse ficar mais perto. De repente Daniel teve um sobressalto: estava com os peitos de Sofía à altura dos olhos, a escassos centímetros, acentuados por um pingente de moeda oriental que afundava no meio da blusa finíssima, sem sutiã.

— Vai ficar hipnotizado... — lhe advertiu Sofía ao notar que ele a estava olhando.

Daniel riu, viu que ela molhava o algodão com álcool e o passava em sua cabeça.

— Vai arder, né?

— Sim. Você está com um corte bem comprido.

Sentiu o ardor. Sofía soprou a ferida suavemente, arredondando os lábios rosados.

— Está ardendo?

— Um pouco — disse Daniel alterado, olhando para os ombros dela, a concavidade fugaz que formavam ao mover as clavículas, o pescoço branco tão perto do beijo.

Ela continuou soprando, agora segurando sua cabeça entre as mãos, aproximando-se um pouco mais. Daniel viu que os cabelos lisos de Sofía o rodeavam, cobrindo-o feito uma lenta queda-d'água; então lhe assoprou, de brincadeira, o pescoço e os ombros, e notou, espantado com o fenômeno, que os mamilos se eriçavam, desenhando-se por baixo do tecido. Ela o olhou nos olhos, séria, sorriu e começou a abaixar uma alça, depois a outra, e de repente ouviu-se uma chave na fechadura.

— Minha irmã! — disse, afastando-se.

Daniel cruzou as pernas e tentou cobrir a ereção com um braço. Entrou uma garota de óculos, segurando pastas. Daniel a odiou com todo seu sangue. Oi, ela disse. Oi, disseram os dois com uma voz tão firme que os denunciava. A irmã de Sofía foi para o quarto, dizendo: Não estou interrompendo nada, né?

— Não, não — disseram os dois, e se olharam.

— Patricia, você não ia para Lincoln? — perguntou Sofía.

— Não, vou amanhã de tarde.

Daniel sentia uma tontura, com pontadas atingindo sua testa. Quando Patricia se aproximou para cumprimentá-lo, ele lhe deu um beijo quase sem se levantar.

Tomaram um café com torradas, entre comentários breves e música de Mercedes Sosa. Patricia perguntou a Sofía:

— Conseguiu passar a limpo a monografia para mim?

— Sim.

— O que você estuda? — perguntou Daniel.

— Sociologia.

— Você também?

— Sim, por quê? Você também? — perguntou Patricia.

— Não, eu terminei este ano o colégio politécnico e estou trabalhando num frigorífico.

— Não entendi — disse Patricia. — Então por que você disse "você também"?

— Você vai jantar esta noite lá na mamãe e no Sergio? — interrompeu Sofía.

— Sim, e você tem que ir também, porque eles viajam em seguida — disse Patricia.

As duas irmãs começaram a conversar, depois a discutir. Daniel ficou sem graça e disse que tinha que ir embora. Sofía o acompanhou ao térreo. Na porta do prédio, Daniel disse:

— Você não estuda sociologia, não é verdade?

— Não. Me sinto uma imbecil por ter mentido para você.

— Também não tem vinte e três anos?

— Tenho dezenove e, sim, gosto dos Rolling Stones.

— Mas todas aquelas coisas que você me disse sobre o cemitério, Eros e as fantasias, você sabia.

— Sim, porque passo a limpo as monografias da minha irmã e fico lendo. Tenho vontade de estudar, me inscrevi para começar no ano que vem. Agora estou trabalhando.

— E por que você mentiu?

— Me desculpe — ela disse, olhando para o pingente. — Te vi na festa e gostei de você, e quando perguntei sobre você ao Ramiro, ele me disse que você ia embora em dois dias, então inventei o lance do trabalho na Recoleta, para que a gente se visse, mas tudo saiu errado. Pensei que a minha irmã não estaria e...

— Inventou tudo isso para sair comigo?

— Você teria me convidado?

— É... Não sei se isso teria passado pela minha cabeça, e, se tivesse passado, não teria tomado a iniciativa.

— Então a minha mentira acabou não sendo tão ruim —
disse Sofía.

Daniel riu.

— Sempre que gosta de um rapaz, você faz assim?

— "Assim" como?

— Inventa coisas?

— Se eu me interesso, sim. Trato de usar a cabeça.

— E por que se interessou por mim? — perguntou Daniel.

— Não sei, você tem algo no olhar, tipo uma fome de alguma coisa, como se estivesse procurando algo o tempo todo
e como se estivesse a ponto de encontrar.

Sofía lhe deu um beijo e lhe disse ao ouvido: "Venha amanhã de noite. Às dez. Minha irmã não estará".

Daniel quis continuar com os beijos, mas ela o foi empurrando até a porta, dizendo "amanhã". Ele a observou entrar no
elevador e foi embora, caminhando pelas ruas escuras.

Na frente de uma banca de jornal havia um grupo de garotos da sua idade tomando cerveja.

— Você tem cinquenta centavos para o ônibus?

— Não — disse Daniel, sem parar de andar.

— Um cigarro?

— Não fumo.

— E vive pra quê?

Ouviu passos se aproximarem por trás, correndo, mas sus-
peitou que era para amedrontá-lo e não se virou. Continuou
caminhando, rígido. Assustou-se com uma garrafa que estou-
rou ao seu lado, depois escutou as risadas. Viu que estava passando um táxi e fez sinal.

O taxista aparentava ter uns trinta anos, tinha os cabelos
compridos, barba, bigode, cara de Jesus Cristo, mas com um
olhar azedo que de vez em quando Daniel flagrava no espelho retrovisor.

— Aqueles garotos estavam te enchendo o saco?

— Sim — disse Daniel.

— Quer que a gente volte pra encher eles de porrada?

— Não.

— Agora todos os babacas andam cheirados na calçada. Tinham que impor outra vez o toque de recolher.

— O que é isso?

— Toque de recolher, uma lei para que ninguém possa andar pela rua depois das dez da noite.

— Mas se fizerem isso, você fica sem trabalho.

— Ah, bom, o que é que se há de fazer, tem que aguentar. Para onde vamos?

— Avenida Entre Ríos, novecentos.

— Tá chegando do trabalho?

— Não — disse Daniel —, venho da casa de uma garota que me deixou louco.

— Ah! As mulheres são lindas, mas são umas filhas da puta — disse o taxista. — E agora só saio com piranha, as outras são filhas da puta. Com a piranha, você convida para jantar e ela te agradece, dá a ela um pouco de carinho e ela te agradece, já as outras... Você sabia que cachorro é mais inteligente que algumas mulheres?

— Você acha?

— Sim, olha só. Você, com um cachorro que faz alguma coisa errada, você bate bastante, mas bastante mesmo, não, assim, só umas palmadinhas, você dá uma boa sova, e ele não volta a fazer algo errado nunca mais em toda a vida, mas no caso de uma mulher que faz algo errado, mesmo que você espanque, ela não aprende, se esquece, continua fazendo as mesmas cagadas.

Daniel olhava pela janela. O taxista acelerava com a onda verde dos semáforos. Uma ambulância os ultrapassou com o alarido da sirene, fazendo todas as luzes da rua rodopiarem por um instante.

— Com a puta tudo é mais honesto, você encontra com ela quando tem vontade, ela quer seu dinheiro, você quer dar umazinha, é uma permuta, já as outras querem tudo, sua casa, sua grana e ainda por cima trepar com outro, são umas filhas da puta, mano, é assim.

Em uma esquina viram um homem se despedindo de uma mulher que entrava num táxi.

— Olha aquele lá — disse o taxista. — Ali ela dá um beijinho nele. Muito bem. Olha: ele fecha a porta para ela feito um galã, e por dentro está dizendo "Esta rata me fodeu, vai pra casa e eu agora apodreço sozinho no meu quarto, derretido de calor e batendo punheta. Filha da puta, da puta que te pariu mil vezes".

O taxista começou a dirigir mais rápido, dizia palavrões e trocava as marchas com raiva. Daniel ficou calado. Não sabia onde estava. Viu passar a toda a velocidade os arcos de uma *recova*,* era a Plaza Miserere. Já não paravam nos semáforos. O homem parecia estar se lembrando de algo, repetia "São umas filhas da puta!" e dava socos no vidro. No bairro Once, dobrou uma esquina cantando pneus, quase se chocou com um caminhão de lixo, desviou, fez outras manobras para virar em ruas escuras e de repente cravou os freios. Daniel estava congelado de medo e percebeu que tinham se desviado do caminho.

— Acho que não é aqui — disse com voz trêmula.

Sem escutá-lo, o taxista desceu e começou a meter o dedo na campainha de um interfone. Daniel o ouviu xingar uma mulher aos berros. Voltou para o carro, pôs o braço para fora da janela e tocou a buzina insistentemente, enchendo de barulho o silêncio tumular da rua. "Sua escrota! Você sabe muito

---

* As *recovas* são um marco da arquitetura portenha: são galerias ou passagens comerciais de pedestres, existentes na cidade há séculos. [N. T.]

bem quem é!", gritava para uma janela no alto. "Vou rachar a sua cabeça, a sua e a desse escroto!" Foi até o interfone e apertou todos os botões com o antebraço. As luzes de algumas janelas começavam a se acender. "A do 6ºB se faz de fina, mas antes Burzaco inteira trepava com ela! Vagabunda suja! Que fique todo mundo sabendo que você é uma vagabunda suja!" Pôs metade do corpo para fora do carro. "Burzaco inteira pegou a do 6ºB!", gritava ele, tocando a buzina. Depois acelerou e retomou a avenida, sem dizer uma palavra.

Ao chegar, moderadamente, deu um desconto de um peso, pelo desvio. Daniel pagou com pressa e abriu a porta do prédio, sentindo que chegava ao apartamento do amigo de seu irmão como se voltasse a um refúgio.

# Doze

No centro da cidade, sob o sol do meio-dia da segunda-feira, Daniel estava na fila do banco para descontar o cheque que Ramiro tinha lhe dado. A notícia de que o lugar estava sem luz e os computadores não funcionavam correu em direção ao fim da fila feito a digestão de uma serpente. Daniel se apoiou contra o mármore preto da entrada de um edifício. Tinha dormido mal, com o pensamento indo de Sofía a Sabrina Love, de Sabrina Love a Sofía, intumescido por causa da abstinência que havia se imposto desde a noite do sorteio, transtornado diante da escolha que devia fazer entre as duas mulheres neste mesmo dia. Delirava repetidas vezes com a maneira com que Sofía tinha começado a baixar as alcinhas da blusa, com o que podia vir depois disso (os seios nus, suas mãos subindo pelas coxas sob a saia fina), fantasiava com a proposta evidente de fazer amor em seu apartamento, porque ao fim e ao cabo Sofía parecia mais real que Sabrina Love, porque a tinha abraçado e beijado, sentido a umidade de sua boca e de sua língua e, além disso, tinha quase a sua idade, e ela dissera que estava interessada nele; já Sabrina Love não apenas faria tudo obrigada por algum contrato com os produtores, como o superava em idade e em conhecimentos, e parecia distante detrás do vidro da tela, difusa em um vídeo de posições impossíveis, atrás de portas, custodiada por homens de paletó com porte de gorila e cabelos gelatinosos.

Mas depois, ao buscar na mente as posições que conduziram ao sonho, vinham junto os razoamentos a dar voltas e Sabrina Love aparecia em primeiro plano, por ter sido durante mais tempo a protagonista de seu desejo, por toda sua experiência, pela exclusividade do encontro e os quilômetros que tinha percorrido para vê-la, e assim até as infinitas derivações da insônia. Agora na calçada fazia calor e a fila não avançava.

Ficou impressionado ao notar como o ruído da cidade podia aumentar tanto de um dia para o outro. O domingo tinha lhe parecido agitado, mas agora a segunda-feira ressoava com um fragor constante, como o do mar, explodia em buzinaços e gritos, raiva nos motores, desabava nas batidas de alguma construção. E toda aquela gente no meio, embaralhando-se.

De súbito soou um estrondo de chapa e de algo que raspava no asfalto. Daniel chegou a ver as faíscas da moto, que deslizara de lado. A meio quarteirão de onde ele estava, tinha acontecido alguma coisa com um motoqueiro. Aproximou-se preocupado e viu que alguns homens já estavam ajudando um rapaz que estava no chão, machucado mas consciente. Um policial pedia pelo rádio uma ambulância. Havia um carro atravessado, com uma das portas amassadas. Ao voltar para seu lugar, percebeu que as pessoas que formavam a fila não tinham se mexido nem para ajudar nem para ver o que se passava, nem sequer aqueles que estavam a poucos metros do acidente, e não compreendeu o motivo até que a senhora que estava atrás dele o impediu de entrar na fila. "Ah, não, meu filho, ou anda por aí xeretando ou fica no seu lugar. Afinal, nem todos estão de férias." A esta somaram-se as queixas dos que estavam mais atrás, e Daniel teve que se resignar em ir para o fim da fila, onde esperou, atordoado e com vontade de fazer xixi, até que lenta, como um cortejo sonâmbulo, a fila voltou a avançar.

Uma hora mais tarde conseguiu descontar o cheque, guardou os noventa pesos no bolso e saiu à rua. Queria comprar uma camisa, mas antes tinha que encontrar um banheiro.

Caminhou por uma rua de pedestres que pensou ser a Florida, mas na verdade era a Lavalle. Havia no ar um cheiro ácido de lixo em decomposição. Sentiu-se caipira entre todas aquelas pessoas que a toda hora se desviavam dele com indiferença e agilidade; pareciam adiantar-se aos movimentos discrepantes do seu andar moroso e, além disso, ter todos mais urgência que ele para chegar a um banheiro. Esse movimento contínuo de cabeças misturando-se e ricocheteando era como aquele sonho dos frangos que tivera na noite de quarta-feira, os frangos do seu tamanho e que o espremiam aos pios, amontoando-se uns sobre os outros para se salvar de vá saber que perigo.

Entrou numa pizzaria; um velho de voz áspera que estava no caixa lhe disse que o banheiro era só para clientes. Continuou caminhando, sentindo um peso de chumbo na bexiga. Passava diante das vitrines cada vez com mais pressa. Via-se refletido ao fundo, com uma transparência fantasmal, atravessando relógios, manequins, aparelhos eletrônicos, sapatos. Entrou num bar estreito, espremido entre dois comércios.

— Posso usar o banheiro?

— Se consumir alguma coisa...

Vencido pela necessidade, Daniel pediu que lhe servissem uma coca-cola, foi até o fundo e desceu por uma escada caracol.

Diante de um mictório sujo por fim pôde se aliviar. Ouviu gemidos que vinham do lado, gritos de um sexo desenfreado. Quando escutou as vozes, achou que era um filme pornográfico dublado em espanhol. "Mete duro, Johny, assim, que delícia, vai, vai, vai." Subiu a escada e sentou-se a uma mesa grudada à parede. Na outra parede, depois do balcão, havia gente comendo em pé, homens com a pasta entre as pernas, apoiando os cotovelos em umas prateleiras com separações, nada muito diferente dos mictórios do banheiro. Percebeu que na parte de cima também dava para ouvir o mesmo filme com dublagem de todos os estertores do amor. Soavam as respirações pesadas, os suspiros e os gemidos que retumbavam feito um acasalamento de um casal de gigantes perto dali. Mas as pessoas permaneciam imperturbáveis. "Tira de uma vez essa calcinha em chamas." Daniel olhava as pessoas comendo e ouvia os arquejos, os resfôlegos colossais. "Seu pau é enorme", a iminência do paroxismo. "Enche a minha boceta!", era como se a parte que nele optava por passar esta noite com Sabrina Love tivesse se exacerbado, amplificando suas fantasias a todo o volume, até fazê-lo achar que as pessoas estavam olhando para ele e ter que pagar e sair à rua envergonhado.

Do lado de fora, descobriu a escada da entrada do cinema com um cartaz que dizia "Filmes adultos 24 horas". Viu sair um homem moreno, com feições bolivianas, e depois um rapaz albino que parecia pertencer mais àquele mundo subterrâneo do que à superfície iluminada do dia. Teve vontade de entrar, mas se lembrou de que devia comprar uma camisa para estar elegante nesta noite. Caminhou pelo ruído e pelo movimento, tentando se localizar, porém perdendo o rumo, cada vez mais enredado em seu extravio, confundido por uma avenida diagonal que não conseguia reconhecer, porque o mapa que ele começava a fazer da cidade estava baseado no traçado em forma de tabuleiro das ruas de Curuguazú.

Ao compreender que estava perdido, não se assustou, ao contrário, sentiu um entusiasmo estranho, provocado pela possibilidade de caminhar sem encontrar nem ninguém nem nada conhecido; sentiu pela primeira vez a liberdade de ser anônimo, de poder fazer o que quisesse sem que ninguém comentasse nem criticasse, nem relacionasse suas atitudes com seu nome e sua família. Começou a seguir as mulheres mais bonitas que passavam, olhando-as andar com todo seu movimento, suas minissaias e saltos e blusas de verão repletas de oscilações e vaidades, caminhando atrás delas durante vários quarteirões até que se perdiam em alguma porta, alguma entrada de metrô, ou eram levadas por um táxi, e então seguia outra, deixando com prazer que o rumo o enovelasse cada vez mais. Às vezes parava ao lado delas em uma esquina, esperando para atravessar, e propunha-se falar com elas, mas se animava apenas a lhes perguntar a hora. Por momentos as perdia de vista, distraído por alguma outra coisa: as fotos de moças de lingerie na vitrine de uma lojinha, um mendigo que remexia o lixo, um emaranhado de cabos na faixa alta do céu, uma freada, dois motoristas insultando um ao outro, um homem descarregando de um caminhão o peso morto de metade de uma rês que parecia de outro mundo, de um mundo de silêncio e campos verdes. Nessa toada, passou pela Galería Güemes, foi e voltou pelo túnel sob a avenida Nove de Julio, cheio de banquinhas, onde viu um anão lustrando sapatos; passou pela Plaza de Mayo, que tantas vezes tinha visto nos telejornais; na frente do Cabildo, que ele pensava ficar na província de Tucumán. Perambulou alegre, sentindo que estava deixando algo para trás, que estava cortando um fio, que se livrava de uma ordem, de um leito fixo em direção a uma nova diversidade de caminhos, a uma vida diferente, repleta de possibilidades, até que, ao descer por uma rua em declive atrás de uma loura de passo executivo, topou com o estádio do Luna Park e foi sacudido por uma lembrança do show de patinação sobre gelo que fora ver ali com seus pais e seus irmãos naquela já desbotada Buenos Aires, quando tinha dez anos. Se deu conta de que nunca tinha se esquecido daquele edifício e daquela noite. Ficou imóvel, olhando as figuras dos boxeadores sobre a fachada cinza, até que a recordação se dissipou e então, intimidado por essa emboscada da memória, decidiu procurar de uma vez por todas uma loja onde comprar a camisa.

A mulher do caixa do pequeno lugar de roupas lhe explicou qual ônibus devia tomar para chegar à casa de Ramiro. Pouco depois esperava no ponto com o pacote debaixo do braço, ao lado de um cego de bengala branca e pasta. Tossiu algumas vezes.

— Menino, pode parar o Seis, quando passar? — disse o cego.

— Sim, claro — disse Daniel, e observou seus olhos sem visão.

— Você não é daqui, não é?

— Não — disse Daniel —, sou de Curuguazú. Como percebeu?

— Pelo jeito de falar. Pela tosse, vi que era jovenzinho.

— Pela tosse?

— Sim — disse o cego —, pela tosse pode-se saber muitas coisas sobre as pessoas, o sexo, a idade, se quem tosse é gordo ou magro, se está assustado ou nervoso ou doente, se fuma... Muitas coisas. Você, por exemplo, tossiu de um modo um pouco agitado.

— Sim, pode ser — disse Daniel —, é que estive caminhando por um tempo, perdido, e... Aí vem o ônibus.

Daniel fez sinal e pegou o homem pelo braço para ajudá-lo a subir. Viu-o tatear no ar com uma das mãos até tocar na lateral do veículo. Junto à barra de apoio, no sebo de óleo diesel sobre a pintura de listras coloridas, ficou a marca de sua palma. Uma vez dentro do ônibus, o cego lhe agradeceu e começou a pronunciar um discurso oferecendo aos passageiros meias femininas. "Da melhor qualidade", dizia, "totalmente importadas e a um preço impossível em qualquer loja do ramo." Tirava um par da pasta, o amarrava no corrimão, o esticava para espetá-lo em toda sua extensão com um alfinete. "Vocês podem observar e me avisar, que não enxergo, se a meia desfia ou rasga. Prestem atenção em como passa na prova de qualidade." Ia até o fundo sem que ninguém comprasse. "Alguém mais por aqui?", dizia, e voltava até a frente apalpando sua pasta para poder descer.

Daniel sentou-se em um dos assentos duplos, no corredor, ao lado de uma mulher corpulenta. Estava cansado. Pensou que, se queria estar em boas condições para a noite que o aguardava, teria que dormir umas horas; antes, talvez fosse bom telefonar para seu irmão de algum telefone público perto da casa de Ramiro, para avisar que estava bem. As pessoas subiam, ocupando os poucos assentos que sobravam livres, enchendo o corredor, amontoando-se. Fazia calor. Daniel tentava não encostar a coxa na perna da mulher do lado, sentia algo mole no ombro esquerdo, talvez a barriga de uma mulher que estava em pé, presa na aglomeração. Na altura de seus olhos, o braço de um homem segurava o corrimão. Viu as veias acinzentadas, as articulações, as unhas compridas. Uma garota, no assento da frente, tinha uma cabeleira preta e brilhosa derramada sobre o encosto. Daniel a observava empurrar com o ombro um menino de enormes orelhas sanguíneas sentado ao lado, que caía em cima dela repetidas vezes, cabeceando de sono. Sentiu-se encerrado por essa maranha de membros, pelo cheiro de transpiração no ar abafado. Achava impressionante que ninguém falasse, que as pessoas acumulassem seus corpos em silêncio. Olhou para fora e esperou que em algum momento os poucos quarteirões conhecidos da cidade aparecessem diante de seus olhos, mas o ônibus ia por ruas cada vez mais estreitas e sóbrias, quase roçando as vitrines coalhadas de mercadorias e cartazes com preços, obrigando os pedestres a grudarem-se na parede, como se o coletivo avançasse por um corredor cada vez mais profundo, mais distante da luz, como se a passagem de tantos veículos e pessoas ao longo dos anos tivesse aos poucos desgastado as ruas de casas baixas até transformá-las em poços, nessas fraturas que corriam entre as fachadas cada vez mais altas dos edifícios do centro.

# Treze

Beijavam-se na cama, mas ele não conseguia parar de olhar para os lados, sentia-se observado. As paredes eram de um papelão mal-acabado, e depois havia apenas umas lonas, que iam se soltando, sacudidas pelo vento, até desaparecer. Ela esperava com os olhos fechados que ele continuasse com o beijo, mas ele de repente via que a cama estava no meio da rua, apoiada no asfalto, em plena luz do dia. Pessoas passavam caminhando pelo lado, mulheres apressadas, homens de terno cinza. Ela se aconchegava para dormir, censurando-o por não ter continuado. Um homem de capa de chuva tinha se sentado na beira da cama para fumar um cigarro, outro passava andando em cima dos lençóis brancos. Os ônibus, ao dobrarem a esquina, encostavam de leve no respaldo da cama, dando apenas uma batidinha com o para-choque. Um carro freava a poucos centímetros de sua cabeça e começava a tocar a buzina. Daniel despertou. Olhou o relógio. Eram nove e meia da noite.

Nesta tarde, ao chegar à casa de Ramiro, tinha se jogado para dormir no colchão que puseram na sala para ele, sem telefonar para seu irmão nem procurar saber o telefone de Sofía, para lhe avisar que não poderia ir à sua casa. Preferia postergar as desculpas falsas que deveria ter dado.

Teve tempo para tomar banho e se barbear. Às dez pensou que Sofía já o estaria esperando e se sentiu mal por isso. Às dez e meia já estava viajando no Trinta e Sete, rangendo os dentes recém-escovados, sofrendo repentinos calafrios dentro de sua camisa nova e de sua calça limpa, com os preservativos no bolso, os cabelos ajeitados, molhados e penteados para o lado, exatamente como sua avó teria gostado de vê-lo.

O ônibus virou na avenida Las Heras, faltavam poucos quarteirões. Outra vez o medo envolvia suas entranhas. Pensou em seguir adiante e descer no Jardim Botânico para ir à casa de Sofía e lhe pedir perdão pela demora e ficar com ela, mas o que aconteceria em seguida não o deixava menos assustado em relação ao que devia fazer com Sabrina Love. Porque agora era um dever que tinha se imposto, algo pelo qual devia passar fosse como fosse, talvez apenas para poder recordar depois, ou para não desapontar a si mesmo, para não decepcionar aquele Daniel que tanto imaginara e desejara essa mulher.

Desceu na Calle Azcuénaga. Teve que perguntar e procurar um pouco até encontrar a banca de flores, aberta àquela hora. Por fim comprou umas frésias e caminhou até o Keops com os tormentos de um condenado à morte. Viu os anjos e as cúpulas negras da lateral do cemitério emoldurados pelo céu amarelado. Ao chegar, olhou o relógio. Era cedo, mas entrou mesmo assim. Na janelinha, havia um casal solicitando um quarto. Quando se foram, repetiu com o porteiro a cena de sábado.

— O que está querendo, rapaz?

— Sou o ganhador do concurso de Sabrina Love.

Outra vez pediu seu documento, fez um telefonema e disse que esperasse, que o pessoal da produção já ia descer. Daniel pegou de volta o documento e o guardou em seguida, grato pelo fato de o porteiro não ter reparado em sua idade. Depois de um instante de agonia, apareceu o mesmo baixinho de paletó mostarda com as mangas arregaçadas.

— Hoje você caprichou, campeão! — ele disse a Daniel, dando-lhe um tapinha na bochecha. — De banhozinho tomado e com flores, é assim que eu gosto. Venha comigo.

Caminharam solenemente por corredores de paredes almofadadas de cor laranja e entraram no elevador. O homem apertou o botão do quarto andar e se olhou no espelho, girando a cabeça para se inspecionar de um lado e de outro. Tirou do bolso do paletó uma bisnaga com gel, pôs um pouco na mão e espalhou pelos cabelos com movimentos rápidos. Depois olhou para Daniel e, jogando a cabeça para trás, arrumou brevemente a gola da camisa e saíram de novo em outro corredor.

— Sabrina ainda está no quarto onde filmam. Vamos esperá-la lá. Seu nome é Daniel, certo?

— Sim.

— O meu é Leonardo.

Foram até a porta aberta de um quarto e ficaram ali, observando a entrada e a saída de homens com equipamentos de filmagem. Do lado de fora, Daniel reconheceu a jacuzzi e a cama do programa, mas achou tudo menor e apertado demais. Dentro, ouvia-se uma discussão. De lá saiu uma mulher com um vestido de plástico azul-real grudado no corpo. Leonardo a cumprimentou, mas a mulher não respondeu. Ficaram olhando-a se afastar.

— Esta é a Bárbara, a que faz a secretária em *Encaixe perfeito* — disse Leonardo.

— E a enfermeira em *A clínica ardente* — disse Daniel —, também está no *Sócias do prazer*, se chama Bárbara Smith, saiu na edição de agosto da *Playboy*.

— Você está pálido, *che*, se acalme um pouco. Está se sentindo mal? — perguntou Leonardo.

— Não, não.

— Respire fundo.

Daniel respirou fundo. Agora a discussão que vinha do quarto subia de tom; ouvia-se que um homem e uma mulher começavam a gritar um com o outro. Daniel reconheceu a voz rouca daquele que o tinha atendido ao telefone na primeira vez; a voz da mulher lhe soava familiar, parecia a de Sabrina Love, porém menos sensual e mais aguda. Os gritos estavam chegando à porta. De lá saiu um homem com cara de sapo e correntes de ouro, fumando um cubano e dizendo com seu vozeirão: "Bom, lindinha, então fazemos a cena com um cara a menos, não precisa ficar nervosa, para mim fica até mais barato, se você não quer fazer sanduíche, então não faz, ponto-final".

— Bianchi, este é o Daniel, o ganhador do sorteio — disse Leonardo.

— Muito bem — disse Bianchi olhando para Daniel. — Tem certeza de que você é maior de idade?

— Sim.

— Bom, Sabrina está vindo, fale com ela, está com os nervos um pouco alterados, e mude essa cara, garoto, parece que você saiu de um fuzilamento — disse e foi embora fumando.

Aguardaram.

— Lá vem a Sabrina — disse Leonardo para Daniel.

— Estou bem? — perguntou Daniel.

— Sim, está fantástico, pare de tremer.

De repente Sabrina Love apareceu, numa saída de banho azul-clara, com os cabelos presos, sem sapatos e com o rímel escorrido por ter chorado.

— Sabrina? — disse Leonardo.

— O que é? — disse ela passando sem se deter.

— Este é o Daniel, o ganhador do sorteio.

Sabrina Love virou-se e olhou para Daniel, parecia estar sob o efeito de algum calmante.

— Ai, gato, hoje não, sabe, estou muito cansada, venha amanhã, melhor — disse e continuou caminhando.

Daniel ficou congelado com as flores no alto. Viu que ela se afastava. Engoliu a saliva e desatou a falar como se tivesse que fazer isso pela primeira vez na vida, com uma voz que a princípio saiu insuficiente e aguda, mas em seguida se tornou grave:

— É que... É que percorri quinhentos quilômetros para te ver, vim de carona, caminhei, viajei em balsa, caminhão, carro, ônibus, tudo para estar aqui no sábado, mas quando cheguei você não podia, e me disseram para vir hoje, e fiquei esperando mais dois dias e agora estou aqui. Trouxe flores.

Sabrina Love tinha se virado. Daniel se aproximou dela para entregar as flores.

— Meu amor! — ela disse, recebendo-as enternecida. — Você é um doce! — Pegou-o pela mão, disse "Venha" e o levou pelo corredor.

De um quarto saía uma mulher de biquíni, alta e morena, com um traseiro enorme. Ela e Sabrina se cumprimentaram.

— Sabri, sabe que, depois de eu aparecer no programa de sábado, entre ontem e hoje já vieram onze caras.

— Marcelo me contou agora há pouco, e eu pensei "Onze?, como deve ter ficado a periquita da Denise!".

— Olha, vou te dizer, mais dois fins de semana como este e já consigo comprar um zero quilômetro. E você, como está?

— Um pouco cansada, mas estou aqui, com o ganhador do sorteio — disse Sabrina.

— Que sortudo! Como você se chama? — perguntou Denise.

— Daniel.

— Que graça! — disse, beliscando-lhe o queixo.

Um homem grisalho que vinha pelo corredor surpreendeu Denise por detrás e pegou em seu traseiro com as duas mãos. Ela soltou um grito falso de espanto. "Tá maluco, Beto?" O grisalho apalpou-lhe a bunda como se estivesse tirando medidas, fechou os olhos com cara de êxtase e exclamou "Como é grande a minha pátria, caralho", e se foram juntos pelo corredor entre gargalhadas e beliscões.

Sabrina levou Daniel até uma porta com o número nove e adentraram uma escuridão que cheirava um pouco a mofo. Sabrina acendeu algumas luzes. Dava para perceber que conhecia os interruptores. Uma penumbra esverdeada se espalhou pelo quarto, onde havia uma cama enorme, algumas poltronas e um bar. Ela sentou-se na beira da cama, soltou os cabelos e abriu a saída de banho. Ele viu seus peitos, o púbis, as pernas bronzeadas.

— Vem cá, amor — disse Sabrina.

Daniel se aproximou. Ela o pegou pela cintura e começou a desabotoar sua roupa. Ao tirar-lhe a camisa, pôs a mão sobre seu coração.

— O que está acontecendo aí dentro? É um terremoto — ela disse. Abriu sua calça e abaixou a cueca.

— Opa, a barraca já está armada! Foi assim que você veio durante toda a viagem?

— Às vezes.

— Em homenagem a mim?

— Sim.

— Bom, vá pôr a camisinha.

Daniel obedeceu. Quando saiu do banheiro, viu que ela estava deitada de costas no meio da cama, como se dormisse. Aproximou-se devagar. Seu corpo parecia coberto por um reflexo esverdeado.

— Não fique aí parado, venha em cima de mim — disse ela, e Daniel subiu na cama. Ela estava com os olhos fechados. Ele ficou ajoelhado diante dela, não sabia se tinha que acariciá-la ou beijá-la ou penetrá-la. Sabrina abriu os olhos. — O que você está fazendo? — disse.

— Não sei o que tenho que... que fazer... eh... primeiro.

— Você é virgem? — ela perguntou surpresa, apoiando-se nos cotovelos.

— De mulher, sim.

— Como "de mulher, sim"?

— Quer dizer que sou virgem de mulher, mas não de galinha nem de ovelha.

— De ovelha?

— Meus primos do interior me obrigaram.

— Que nojentos! Depois dessas coisas, como é que os homens não vão nos tratar feito animais? Vocês é que são os animaizinhos. Bom, vamos ver, virgem-de-mulher, venha, que eu não cacarejo nem faço "meeeé", mas alguma coisa vai acontecer entre a gente, se jogue aqui em cima de mim e me dê um beijo.

Daniel deitou-se em cima dela sem saber onde apoiar os cotovelos e os joelhos para não a esmagar. Sentiu que Sabrina estava abrindo as pernas. Tentava se concentrar no beijo quando notou que ela o tinha ajudado a pôr tudo em seu lugar com um certeiro movimento profissional e agora ele já estava dentro de Sabrina Love. Quis olhar para se certificar de que era isso mesmo, mas ela tinha começado a gemer e o abraçava, apertando-o contra o corpo. Ele começou a fazer os devidos movimentos pélvicos olhando para uma de suas orelhas e a raiz escura dos cabelos da nuca. Não conseguia adivinhar exatamente o que estava acontecendo mais abaixo, mas como ela não dizia nada, achou que estava fazendo as coisas direito e continuou nessa vertigem confusa, tentando se fixar naquilo que estava lhe acontecendo pela primeira vez, para não ficar de fora. Ela, de perfil, emitia um gemido monocórdio, um pouco ausente. Logo Daniel começou a sentir a iminência efervescente da descarga, obstinou-se em umas poucas arremetidas e em meio a seu estremecimento ela começou a tossir com um ruído seco e tabagista que se misturou aos arquejos que ele soltava envergonhado.

Aquietaram-se. Ele ficou com a cara escondida entre os cabelos dela, que um pouco depois lhe deu um beijo na bochecha e disse:

— Tire a camisinha. Não jogue na privada, que depois nos enchem o saco.

Daniel foi ao banheiro. No espelho encontrou com a própria expressão sufocada. Lembrou-se dos aplausos dos operários na tenda. Estava atordoado.

Quando saiu, viu que Sabrina estava de lado, adormecida sob os lençóis. Acomodou-se junto a ela e, agora, no espelho do teto, viu-se outra vez refletido, como se não pudesse escapar de seu próprio olhar de desencanto. Aqueles olhos o observavam aturdidos, lhe diziam que tinha chegado onde queria, que tinha se deitado com Sabrina Love, que se sentia aliviado por ter passado pela experiência, mas tinham uma desilusão amarga. Tanta viagem para isso? A única coisa da qual tinha verdadeiramente gostado tinha sido vê-la abrindo a saída de banho e soltando os cabelos. Todo o resto tinha lhe parecido perto demais, em cima demais e grudado demais; ele, que sonhava ver Sabrina Love em pessoa nas infinitas posições voluptuosas que ela era capaz de desempenhar, tinha visto apenas o pescoço e uma orelha, como se ela tivesse saído de foco, como se alguém que tivesse esperado a vida inteira para ver uma paisagem não conseguisse, uma vez ali, ver mais que um trecho de grama. Tudo tinha sido diferente do imaginado: a sensação do sexo e a duração, e ela, que tinha lhe parecido menos alta, menos entusiasmada, com o rosto um pouco lavado, e não estava com lingerie erótica, nem mudara de posição três vezes como nos filmes, nem gritara pedindo mais no meio do orgasmo, e agora estava dormindo, se esquecendo dele.

Observou-a. Sabrina Love era apenas uma mata de cabelos frisados e platinados saindo dos lençóis. Sem muito esforço, Daniel imaginou como seria essa mulher com sua cor natural e seu verdadeiro nome, indo ao mercado com o carrinho de compras, talvez com filhos e marido. Ele lhe deu as costas. Não tinha sono.

Depois de um tempo ruminando sua desilusão, viu que junto à cabeceira da cama havia um painel com botões; começou a apertá-los e descobriu que acionavam diferentes luzes coloridas. De repente uma televisão embutida na parede se acendeu. Teve que baixar com rapidez o volume, para não acordar Sabrina. Foi mudando de canal e se surpreendeu, porque num deles estava passando um filme pornô no qual uma loura fazia um lento boquete em um homem com óculos de sol. No primeiro plano seguinte, Daniel percebeu que era Sabrina Love e pensou: a verdadeira. Em uma escada transavam de frente, de trás contra uma barra e depois ela de cócoras sobre o homem. Daniel comparou as cenas com seu recente desempenho e se sentiu diminuído.

Em certo momento, incomodada pela luz intermitente da televisão, Sabrina se mexeu em meio ao sono:

— O que está vendo?

— Estou te assistindo num filme.

— Que fofo. Mas depois desligue, tá bem, gato? — disse ela com um sussurro cansado, e continuou a dormir.

# Catorze

Quando o filme acabou, Daniel desligou a televisão, apagou a luz e ficou deitado de costas no escuro, com as últimas imagens dançando em sua retina. Pensou que não devia ser muito tarde, mas que mesmo assim era bom que tentasse dormir, ainda que só um pouco. Não sabia se o obrigariam a ir embora em uma hora determinada ou se podia ficar dormindo até a manhã.

Sabrina voltou a tossir e por um instante o ruído seco foi a única coisa que existiu na sombra. Daniel lembrou-se do cego que ele ajudara no centro da cidade. O que ele teria escutado na tosse de Sabrina? Cansaço, quem sabe. Conseguiria se dar conta do quanto era linda? Talvez, se pudesse tocá-la. Lembrou-se do modo como o homem tinha inspecionado com as mãos o ônibus, como se andasse tateando por uma casa escura. Lembrou-se da marca da palma da mão que tinha deixado sobre a poeira na lateral de alumínio, ao procurar a barra de apoio. O ônibus não existia para ele até que ele o tocou. Daniel se pôs de lado e procurou com a mão as costas de Sabrina, notou que ela tinha empurrado os lençóis até os pés da cama. Percorreu suas costas com a palma da mão, depois o ombro, o braço; demorou-se na curva do quadril, repetindo a suave descida até a cintura repetidas vezes. Aproximou-se um pouco mais, abismado pela descoberta de tocar lentamente uma mulher nua. Percorreu suas coxas e notou o delicado modo como a mão chegava ao quadril, como se "coxa" e "quadril" fossem uma única e doce palavra, dali voltou a fazer o caminho até o ombro e a nuca, acariciou seus cabelos, procurou os seios macios, um pouco ocultos e apertados pelos braços, sentiu os mamilos passarem de uma ponta a outra dos dedos, as batidas do coração, o ventre, a eletricidade do púbis. Aprendia pouco a pouco uma nova forma de perceber Sabrina Love, que nunca tinha imaginado, essa sensação que não se parecia ao olhar, porque o olhar acontecia dentro da cabeça, detrás dos olhos, como as imagens dos sonhos, já o tato parecia acontecer fora, tornando essa mulher tão verdadeira quanto ele próprio, com uma existência alheia à sua, para além de seu corpo, diferente, ali, adormecida, respirando, talvez sentindo de longe, do sonho, as carícias de Daniel, que agora explorava as diferentes temperaturas na continuidade da pele, o frescor nas nádegas redondas, o calor morno da nuca, a maneira com que o duro e o macio sugeriam a presença dos ossos ou da carne relaxada. Daniel a desejou com um ardor novo, que teve que conter para não despertá-la. Voltou a ficar de costas e apoiou a outra mão no ponto mais alto do quadril, como se assim se assegurasse de que ela continuava ali ao lado, "Como o cego tocando as coisas", pensou, e se lembrou do Gordo Carboni lhe dizendo como uma profecia: "Você vai ficar cego, seu safado". Abriu os olhos, mas voltou a fechá-los porque dava no mesmo. Permaneceu assim, descansando no assombro de que todo um mundo pudesse se abrir no vazio da escuridão, sereno, deslizando para o sono, lentamente, deslumbrado para sempre pelo esplendor do tato.

# Quinze

Por um momento não soube onde estava. O som da água e a luz da manhã tinham transformado o quarto. Viu detalhes que a noite mantivera ocultos: alguns quadros com entardeceres estridentes, uma pequena piscina de mármore com uma estatueta romana em um nicho, um catálogo de brinquedos eróticos, uns vasos com plantas de plástico (Sabrina tinha posto as flores em um deles). Da cama, através de uma grande janela redonda, via-se o chuveiro onde ela estava lavando os cabelos. Daniel sentou-se na cama para observá-la. Sabrina fez sinais para que ele fosse tomar banho com ela.

Levantou-se mole de sono e entrou na água quente. Ensaboou o corpo enquanto ela, inclinada para a frente, enxaguava os cabelos, que formavam uma só coluna de água caindo feito uma torrente de luz. Ao terminar, Sabrina passou a esponja pelo corpo dele, pelos braços, pelas costas, pelo torso forte e moreno ainda sem pelos; ajoelhou-se, lavou suas pernas, as nádegas, ensaboou suavemente a ereção preguiçosa, os testículos; deixou a água correr um pouco mais, depois disse a Daniel que fechasse as torneiras e, sob as últimas gotas frias, como se estivesse disposta a saborear algo bem devagar, levou seu sexo à boca. Daniel apoiou-se contra os azulejos: o prazer e só a ideia do que estava acontecendo subiam embaralhados à cabeça, acompanhados de uma suave tontura. Quando ele estava começando a se exaltar, com a respiração entrecortada, ela parou, disse que ficasse ali e foi até a beira da cama, onde ele podia vê-la; ficou de costas e começou a se inclinar aos poucos, ostentando a bunda dourada até ficar de joelhos no tapete. Através do vidro molhado, Daniel a viu levar uma mão ao ventre e em seguida viu aparecer por baixo, entre as pernas, os dedos que acariciavam a cor rosada dos lábios. Por um tempo Sabrina o reteve ali, atrás do vidro, até que lhe disse para penetrá-la. Daniel aproximou-se e a penetrou devagarinho, como ela pedira que fizesse. Insistiu em uma cadência silenciosa, pegando-a pelos glúteos, se vendo desaparecer na vagina umedecida, olhando as laterais dos seios que se derramavam esmagados pelo corpo contra a cama, a linha das costas, o perfil de Sabrina Love com os olhos fechados e a boca aberta como se no deleite os lábios estivessem queimando. Antes dos arroubos derradeiros, ela disse a Daniel que se deitasse de costas na cama e sentou-se em cima dele, concentrando-se em seu eixo. Em uma lenta equitação insustentável, brindou-lhe com a abundância de seus seios. Com os primeiros espasmos, Daniel conseguiu ver apenas sua imagem no céu raso, como se sobrevoasse a si mesmo. Depois fechou os olhos e sentiu que caíam juntos na água do espelho.

# Dezesseis

Conversavam deitados de costas, olhando-se através do reflexo no teto. Ela tinha os cabelos esparramados sobre o travesseiro. Com vergonha do corpo nu, ele se esforçava para não se cobrir.

— Você não é mais virgem de mulher — disse Sabrina. — Nem de mulher, nem de galinha, nem de ovelha. Mas ainda é virgem de elefanta.

Daniel riu.

— *Todos* os homens são virgens de elefanta.

— Vá saber. Lá no Brasil, no Carnaval, fazem cada coisa...

— No Brasil não existem elefantes — disse Daniel.

— Como não existem elefantes, se tem floresta? A Amazônia não é lá?

— Sim, mas não tem elefante.

— Se tem floresta, tem elefante — ela disse.

— O que tem a ver uma coisa com a outra?

— Como "o que tem a ver"? O senhor ontem não sabia nem como molhar o biscoitinho e agora, de repente, sabe de tudo. Melhor pedirmos o café da manhã. O que você vai querer?

— Tem que pagar?

— Não, está tudo incluído no seu prêmio, "Sabrina com café da manhã incluído" — ela disse.

Um pouco depois estavam sentados na beira da cama, diante de um carrinho com *medias lunas*, café e suco de laranja.

— Você se livrou de uma — ela disse —, porque os produtores queriam que o ganhador do sorteio aparecesse no fim do último programa, assim eu iria abraçada com ele, e uma câmera iria nos seguir pelos corredores até a porta do quarto. Você ia aparecer na televisão para o país inteiro.

— E o que aconteceu?

— Sacaram que tudo tinha que ser com absoluta reserva, para que as pessoas telefonassem sabendo que não iam se dar mal. E tinham razão, porque, no fim, uma quantidade impressionante de gente telefonou.

— Ganharam muito dinheiro?

— Muito.

— Você também?

— Não, me pagaram bem mais do que antes, mas nem tanto — disse Sabrina e serviu duas xícaras de café.

— E como é trabalhar nos filmes?

— A gente se acostuma.

— Mas você fica excitada quando te filmam?

— Você está me entrevistando? — perguntou ela.

— Desculpe.

— Agora é a minha vez de fazer perguntas. Onde você nasceu?

— Curuguazú, Entre Ríos.

— E o que você faz em Curuguazú?

— Terminei o ensino médio e agora trabalho num frigorífico.

— Como foi isso que você me contou ontem à noite no corredor, da viagem para chegar até aqui?

Daniel contou brevemente a viagem.

— Seus pais sabem que você veio?

— Não... Bom, na verdade, sim — disse Daniel, olhando para o lado. — Acham que vim conhecer, fazer turismo.

— Se eu fosse uma cidade, isso seria verdade, porque ontem você me percorreu de ponta a ponta.

— Pensei que você estivesse dormindo — disse Daniel.

— Não fique vermelho, eu gostei, você me fez carinho de um jeito muito fofo. Não tem ideia dos brutos que vêm aqui às vezes.

— E como você começou a trabalhar nisso?

— Você está começando a entrar nas perguntas típicas do cliente curioso, "Como começou a trabalhar nisso?", "Qual é seu nome verdadeiro?", "Tem orgasmos?". Tenho uma amiga uruguaia que inventou as respostas porque percebeu que os clientes esperam histórias patéticas. Ela se chama Cindy. Sério, eu vi o documento dela. Me contou a verdade: começou a trabalhar porque se ganha uma grana boa, e como ela não tem nojo dos caras, não tem problema com o que faz. Mas quando fazem a ela as perguntas típicas, ela lhes diz que seu verdadeiro nome é María de los Milagros e que começou a trabalhar nisso porque seu pai a violentou aos treze anos. Diz que experimentou tanto dizer a verdade como mentir, e que os caras gostam muito mais da história da María de los Milagros e da menina violentada, parece que quando ela conta isso, eles se excitam mais e a tratam melhor.

Bateram na porta. Sabrina foi ver quem era e Daniel ouviu a voz grossa do produtor Bianchi, que dizia: "Esteja pronta ao meio-dia, que vamos para Ranelagh, princesa". Sabrina fechou a porta e, detrás do balcão do bar, arrastou uma bolsa azul enorme. Dela tirou um secador de cabelo, um estojo de maquiagem e diferentes frascos.

— O que você vai fazer em Ranelagh?

— Vamos filmar. É uma chácara, aquela que aparece em alguns filmes.

— A que tem piscina?

— Sim. Construíram um estúdio na parte de trás e estão filmando *Missão acasalamento*. É uma idiotice em que um amigo de Bianchi diz que vai pôr efeitos especiais. Fazemos umas mulheres astronautas que estão há anos no espaço e têm que acoplar a nave na de uns astronautas homens, que também estão há anos no espaço. Bianchi diz que nossa nave vai ser como um anel, e a dos astronautas homens será como um vibrador gigante, mas isso eu ainda não vi. Por enquanto, a única coisa que fizemos é transar com os astronautas em quartos cheios de luzinhas.

Sabrina voltou a molhar os cabelos e os penteou usando o secador, parada diante do espelho do banheiro. Daniel a observava. Assim, nua, com os seios apontados para a frente, as curvas da silhueta e os cabelos ondeando para trás pelo vento, parecia mais alta, com algo de aerodinâmico, como um mascarão de proa. Viu-a sentar-se na cama e passar creme hidratante nas pernas longuíssimas.

— Por que está tão calado?

— Estou te memorizando. Porque agora vou ter que ir embora e não vou mais poder te ver.

— Mas vai me ver na tevê.

— Não é a mesma coisa, porque lá você não passa creme na pele nem fala comigo. Você é diferente pessoalmente.

— Melhor ou pior?

— Muito melhor, mais bonita, mais inteligente e simpática.

— Ai, vou acabar levando esse menino para a minha casa. E, bom, no ano que vem vai haver outro sorteio, você pode participar.

— É impossível ganhar duas vezes.

— Amor, eu sou dama.

— Como assim, "dama"?

— Dama. Uma prostituta que cobra caro.

— Mas você é atriz e tem um programa de televisão — disse Daniel.

— E é por isso que posso cobrar o que cobro. Não vou para a cama todos os dias com qualquer um. Só às vezes, quando aparece algum cara disposto a pagar.

— E quanto você cobra?

— Muito.

— Mas quanto?

— Não importa. Você tem que conhecer meninas da sua idade. Você é do tipo bom moço, não pode andar com damas aos... Quantos anos você tem?

— Dezoito.

— Nós, damas, somos para os velhos, para os casados — dizia ela espalhando com rapidez o hidratante pelas coxas. — Está cheio de meninas da sua idade que adoram transar, o lance é que você tem que passar confiança, levar flores. Tem que tratar bem e enfrentá-las, dizer a verdade, para que elas sintam que você não vai sair contando tudo para os seus amigos.

Daniel afastou a cortina. De cima, via-se o cemitério da Recoleta, a multidão de cruzes e cúpulas sob um céu de nuvens dispersas. Pensou em Sofía, em sua teoria sobre Eros e a morte, e buscou com a mão a casquinha do corte na cabeça.

— Não te bate uma coisa ruim, com o cemitério aqui na frente? — perguntou Daniel.

— Não, não bate. Mas já sei que cada cara que olha por essa janela depois fica enlouquecido. É uma paisagem afrodisíaca. Parece que eles têm um estalo de que é preciso aproveitar a vida, porque um dia ela acaba. Uma vez um maluco queria que a gente transasse entre as sepulturas, dizia que existem alguns corredores por onde não passa ninguém por horas e não iam nos ver. Mandei ele à merda.

— Era um necrófilo.

— Um o quê? — perguntou Sabrina e parou na frente do espelho do banheiro para se maquiar.

— Um necrófilo — disse Daniel.

— De onde você tirou isso?

— Li numa *Playboy*.

— Ah! Por isso é tão sabichão, anda lendo a *Playboy*.

— Tem bons artigos — disse Daniel. — Não faz muito tempo que um cara escreveu sobre você.

— Ah, é?

— "Sabrina Love, a estrela que brilha no pornô."

— E o que dizia? — Sabrina perguntou enquanto passava uma pequena esponja pelo rosto.

— Dizia que quando você tira a roupa, deixa nuas todas as outras mulheres. "Porque mostra...", como dizia mesmo?, "porque mostra toda a glória do gênero feminino", era isso que dizia.

— Era uma idiotice.

— Você não leu?

— Leram para mim um trecho. Esse cara nem imagina o que é ficar nua, rodeada de gente e de luzes, com uma câmera na cara e outra entre as pernas.

Daniel parou por trás dela e olhou as próprias mãos no espelho apertando os peitos de Sabrina, que, inclinada de leve para a frente, passava o pincel nas bochechas e na testa.

— Isso serve para quê? — Daniel quis saber.

— É pó para que meu rosto não fique brilhando, por causa do bronzeado.

— Em Ranelagh, você toma sol de topless?

— Sim, como você sabe?

— Porque você não tem as marcas brancas de biquíni.

— Olha só, que garoto observador.

Por sobre o ombro de Sabrina, ele ficou olhando, fascinado, o cuidadoso ritual da maquiagem.

— E isso?

— Um pouquinho de ruge para ressaltar as maçãs do rosto. Agora sombra, para os olhos. Me passe aquele estojo.

— Mas isso é azul-claro — disse Daniel, e viu surgir pouco a pouco o rosto da Sabrina Love que ele conhecia pela televisão, com uma expressão mais forte e provocativa, um rosto que ela guardava disperso entre as cores da maquiagem.

Daniel apoiou-se em Sabrina, sem soltar seus peitos, sentindo a bunda fria.

— Isso é um lápis?

— Delineador — disse ela abrindo bem os olhos para fazer o contorno.

— Não dói?

— Não.

Observou-a dobrar os cílios com uma tesoura especial, passar o rímel com precisão cirúrgica.

— Ressaltam seus olhos.

— É para isso que serve — ela disse.

— *Seus olhos são dois faróis que iluminam meu caminho...*

— *... ontem você piscou e me espatifei contra um moinho.* Conheço essa — disse ela.

Olhou-a passar o batom vermelho, amassando de leve a boca carnuda.

— O que é que estou sentindo aí atrás? Outra vez? — disse ela e levantou os braços. — É um assalto? Pode levar tudo, mas não me machuque. Não atire, por favor.

Daniel dava risada.

— Bem, tenho que me vestir — disse Sabrina. Daniel não queria soltá-la e começou a beijar-lhe o pescoço.

— Não, não, não, não — disse ela, escapulindo até onde estava sua bolsa. — Eu tenho que me vestir, e você também.

Daniel pôs a roupa sem vontade, sentindo que ao vestir a calça e as meias voltava a ser o medroso inexperiente que tinha sido no dia anterior. Sabrina pôs os sapatos, uma minissaia preta e um top de lycra branco.

— Você deixa suas coisas aqui? — quis saber Daniel.

— Deixo a bolsa grande e levo esta menor.

— Mas onde você mora?

— Um tanto aqui, um tanto na chácara e outro tanto no meu apartamento.

Na frente do espelho, Sabrina ajeitava a roupa.

— Você vai se lembrar de mim? — ele perguntou.

— E você? Vai se lembrar de mim? — ela disse olhando-o pelo reflexo.

— Sim.

— Eu também — ela disse, aproximou-se dele e lhe deu um beijo. — Vamos?

Saíram para o corredor e deram de cara com Bianchi.

— Ah, o garoto ainda está aqui? — disse com seu vozeirão. — Que noite você deve ter tido, não é, rapaz? Tem ideia da sorte que teve?

— Sim — respondeu Daniel.

— Todos os machos do país gostariam de pegar essa boneca.

— Marcelo... — ela disse.

— O que foi? — disse Bianchi. — Digo isso para que ele perceba que isso caiu do céu, que não pagou nada, nem teve que sair na televisão nem nada. Você se dá conta disso?

— Sim — disse Daniel. — Com toda a certeza.

— Por que você não vem com a gente para a chácara? — disse Bianchi. — Fazemos um churrasquinho, depois você acompanha as filmagens. Ali estarão todas as meninas nuas. É um paraíso, aquilo.

— Deixe o garoto, Marcelo.

— Você não se meta. Não quer vir, rapaz? Não tem nenhum problema. Depois, à noite, te pagamos um táxi.

Daniel o olhou. Bianchi sorria com sua cara inchada de sapo, com aqueles olhos entreabertos, de um verde bem claro. Olhou para Sabrina, ela lhe disse que não com um leve movimento de cabeça.

— Olha que oportunidades como esta não dão sopa por aí.

— Não sei — disse Daniel. — É que tenho que voltar para minha casa.

— Você é quem perde. Sol, piscina olímpica, mulheres com os peitos de fora, uma fodinha por ali. Tem um montão de quartos.

— Deixe ele ir embora, Marcelo.

— Já falei pra você não se meter. Por que está se metendo nisso?

— É uma criança, Marcelo — dizia Sabrina.

— Sim, uma criança — dizia Bianchi —, aposto que ontem à noite a criança trepou com você.

— Vá, Daniel, vão te embromar e vão querer te filmar.

— E o que tem de mau? O garoto pode fazer algum dinheiro.

— Eu adoraria, mas não posso. De todo modo, agradeço — disse Daniel e começou a se afastar pelo corredor. Mas se virou porque ouviu que discutiam. Bianchi estava pegando Sabrina pelo braço e a insultava. Ela gritava com ele. Daniel voltou a se aproximar. Foi tudo muito rápido. Bianchi jogou Sabrina no chão e Daniel se agachou para ajudá-la. Então Bianchi lhe deu uma joelhada na cara que o fez cair para trás. Sabrina chorava no chão. Daniel não conseguia se levantar.

— Fora daqui, babaca! — disse Bianchi.

— Vá de uma vez, Daniel, senão é pior — disse Sabrina.

Daniel se distanciou com uma mão num lado do rosto, como se quisesse arrancar a dor e jogá-la fora. No espelho do elevador, viu sua expressão de medo e o corte na sobrancelha direita, que começava a sangrar. Saiu à rua com o gosto incerto de sangue na boca, atordoado e despertado pela luz dissonante do sol alto do meio-dia.

# Dezessete

Ficou parado no calor e em meio ao ruído de uma esquina da avenida Las Heras sem saber o que fazer, ir para a casa de Ramiro ou telefonar para sua casa ou entrar no banheiro de um bar para se limpar. As buzinas e os motores o confundiam, como se não o deixassem escutar a própria decisão. Sentia-se no centro de uma espiral de automóveis e edifícios girando sem parar em um bramido. Ao notar que as pessoas olhavam para ele, caminhou até encontrar uma banca de jornal onde trocou uma nota por moedas. O vendedor lhe perguntou se estava bem e Daniel disse que sim, que tinha batido a cabeça. Na frente do telefone público, todas as moedas caíram no chão e ele se agachou para pegá-las. Com a vista ofuscada pela luz, olhando com apenas um olho, recolheu um por um os círculos escuros que conseguia ver, até que sentiu algo molhado entre os dedos e percebeu que um dos círculos não era uma moeda, e sim gotas do próprio sangue sobre as lajotas. Endireitou-se e passou a manga da camisa pela sobrancelha, para se secar. Apertou o número de seu irmão em Curuguazú. Ninguém atendia. Daniel pensou que o irmão o teria defendido de Bianchi, teria partido aquela cara de sapo com um murro, mas estava longe. Imaginava o telefone tocando na tranquilidade do meio-dia da cidadezinha, sobre a mesa no fim do corredor, ao lado das flâmulas de times de futebol e da foto de seus pais abraçados em um inverno em Paraná. Apoiou a cabeça na caixa do telefone e começou a chorar.

— O que foi, garoto?

Daniel se virou e viu um homem com um porta-documentos sob o braço que esperava para telefonar. Secou as lágrimas com a outra manga e disse:

— Nada.

— O corte está feio, deixe eu ver — o homem olhou a ferida de perto. — Vai ter que levar uns pontos. Aqui perto fica o Hospital Rivadavia. Venha.

Daniel se deixou conduzir. O homem parou um ônibus, o ajudou a subir e da rua disse ao motorista:

— Avise este garoto quando passar pelo Rivadavia, assim ele desce e pode ser atendido no pronto-socorro.

O motorista não lhe cobrou a passagem e disse: "É daqui a poucas quadras". Durante o breve trajeto, Daniel viu que os passageiros o olhavam impressionados, depois desceu na frente do hospital, atravessou a avenida e entrou no pronto-socorro.

Em uns bancos compridos havia algumas mães sentadas com os filhos chorando, provocando um eco que subia até o alto pelas paredes amarelas. Não precisou explicar nada. Quando o viu, uma das enfermeiras que estavam atrás de um balcão o fez passar por uma porta de vaivém e o levou por um corredor até um cômodo onde havia uma maca. "Deite-se. O médico já vem", ela disse. Pediu seus dados pessoais e o deixou por um momento.

Num canto, Daniel viu um armário metálico, no outro, um tubo comprido de oxigênio. A enfermeira voltou com um recipiente com água e gaze e pediu que ele se sentasse. Com cuidado, limpou e desinfetou a ferida. Daniel sentiu que, junto com o sangue seco, ele se livrava do medo. Quando pôde voltar a abrir o olho direito, olhou para ela. Depois de ter estado nesta manhã com uma mulher nua, agora achava que podia adivinhar com facilidade, sob o avental verde, o corpo sólido e bem robusto.

— Você está me radiografando? — ela disse.

— Como?

— Por causa dos raios X.

— Ah — disse Daniel.

— Para alguém que se feriu, está bastante saudável.

— Faz muito tempo que a senhora... que você é enfermeira?

— Nove anos.

— E quantos anos tem?

— Isso não é pergunta que se faça às mulheres.

Apareceu um médico cantarolando, cumprimentou Daniel e começou a examinar seu ferimento.

— Entrou numa briga? — perguntou.

— Sim. Me deram uma joelhada.

— E o outro, como ficou?

— Intacto.

— Então você não brigou, brigaram com você. Vamos te dar uns pontos para fechar isso.

Daniel viu que preparavam um fio de sutura e uma agulha curva como um anzol, depois sentiu as espetadas e os leves puxões. Para fingir que não estava doendo, perguntou:

— Vai ficar cicatriz?

— Um pouco sim, mas não se preocupe, porque as mulheres gostam de homens marcados pela vida. Não é mesmo, Eugenia?

A enfermeira sorriu.

O médico começou a cantar "Cicatrices incurables de una herida que me ha causado la vida en su triste batallar...". Procurava a tesoura e cortava os pontos imitando a voz de Gardel. "En la cara también luzco con orgullo un recuerdo que es muy tuyo y que llevo por mi mal."* Daniel se deu conta de que nessa

---

* Versos do tango "Cicatrices", imortalizado na voz de Carlos Gardel; composição de Adolfo Avilés (música) e Enrique Maroni (letra), de 1925. Em tradução livre: "Cicatrizes/ incuráveis de uma ferida/ causada pela vida/ em seu triste batalhar./ [...] No rosto/ também exibo com orgulho/ uma lembrança que é só sua/ e que carrego para meu mal". [N. T.]

cicatriz ficaria tatuada a lembrança de sua viagem, que talvez, quando fosse mais velho e alguém perguntasse como a tinha conseguido, ele respondesse com alguma mentira já gasta, e por dentro se lembraria de sua noite com Sabrina Love.

— O ferido mais sorridente do mundo — disse a enfermeira.

— Ele deve saber por quê — disse o médico e pôs em sua sobrancelha uma gaze com esparadrapo. — Bem, companheiro, já está costurado. Amanhã, se você notar que está seco, tire o curativo e lave com sabão. Os pontos vão caindo sozinhos.

Daniel agradeceu, se despediu do médico e da enfermeira e saiu à rua disposto a telefonar outra vez para seu irmão.

Em uma esquina, enquanto esperava para atravessar, viu que um homem parado a seu lado o olhava com desprezo. Estava com um paletó velho, muito pequeno para ele, e os cabelos ensebados.

— Está rindo do quê? — disse de repente.

— Não estou rindo — respondeu Daniel.

— Sim, você anda por aí, rindo sozinho pela rua. Não sabia que não pode andar assim, como se tudo estivesse muito bem? Quem você pensa que é?

Pegou Daniel pelo braço; Daniel se desvencilhou e saiu correndo. Depois de alguns quarteirões, parou numa cabine desocupada. Verificou se o homem não o tinha seguido e apertou o número de seu irmão. Teve que fazer o telefone tocar várias vezes para que por fim o atendessem. Com voz de sono, seu irmão perguntou onde ele estava e começou a xingá-lo por não ter ligado antes. Disse que sua irmã Viviana estava desesperada e quis chamar a polícia; que era perigoso deixar a avó sozinha e que, para que ela não se preocupasse, tiveram que dizer que ele estava dormindo na casa de um amigo, em Curuguazú. E ainda uns homens de uma empresa de tevê a cabo tinham descoberto a conexão ilegal que ele tinha feito e estavam ameaçando processá-los. Daniel não se preocupou, estava feliz por conseguir falar com o irmão; escutava-o desabafar com seu tom indignado e olhava o movimento da rua: as pessoas saíam do supermercado, um aleijado vendia canetas no semáforo, passava um passeador de cachorros, um garçom atravessava a avenida esquivando-se do trânsito com uma bandeja repleta de canecas de café. Seu irmão perguntou se ele estava hospedado na casa de Ramiro e Daniel disse que sim, e se lembrou de que ele não sabia que o amigo era gay. Em certo momento pensou em lhe contar que tinha viajado com um conhecido do caminhoneiro que tinha batido de frente contra seus pais, mas preferiu não desenterrar o assunto. Talvez contasse depois. Perguntou se sabia de alguma coisa do trabalho no frigorífico, não ouviu a resposta direito por causa das bufadas e dos rangidos dos freios de um ônibus, mas conseguiu entender que o irmão dizia que a água tinha baixado e na quinta-feira os caminhões começariam a circular pela rodovia. Daniel disse que então ele já estaria de volta. Seu irmão perguntou se ele tinha dinheiro para a passagem e ele disse que sim, que não se preocupasse. Despediu-se e desligou. Voltou a pegar o gancho, esteve prestes a apertar outro número, mas desligou e foi caminhando pelos quarteirões em direção ao Jardim Botânico.

# Dezoito

O coelho se distanciava com alguns poucos pulos tímidos e o menino tinha que ir buscá-lo para que não fosse pisado pelas pessoas. A mãe lhe dizia que o pusesse na caixa de sapatos, mas ele o segurava nas mãos e depois de um instante voltava a soltá-lo. Daniel os observava do banco da frente, no amplo saguão do terminal rodoviário, esperando que anunciassem a chegada de seu ônibus na plataforma. Eram onze da manhã. Calculou que chegaria a Curuguazú antes do entardecer e já se imaginou no frigorífico no dia seguinte, anotando números entre o calor, os caminhões e a turba histérica de frangos. Ia fazer de uma só vez toda a distância que tinha lhe tomado dois dias e tanto trabalho. Pensou nas pessoas que encontrara pela viagem, imaginou-as em fila, como se pudesse vê-las na ordem inversa àquela em que as tinha conhecido: Gagliardi e seu cão, o operário sepultado na areia, Toro Reynoso e seu filho, a velha da banca de melancias que assistia à televisão, os dois soldados, as professoras, a foto no altar de Yanina, o caminhoneiro Víctor, o gringo da balsa, o homem da carroça com pneus de carro. Lembrou-se de Fernando, da pedra que não chegou a jogar em sua janela; perguntou-se como lhe explicaria que tinha percebido que devia viajar sozinho, que era algo que ele queria fazer em silêncio, que não queria dividir com ninguém seu medo, sua incerteza. Perguntou-se se contaria ou não a ele sobre sua estreia. Ninguém acreditaria na história com Sabrina Love. Não tinha importância, já estava tudo gravado na memória, tatuado na sobrancelha direita. Tocou o curativo, não queria removê-lo. Queria que o vissem chegar assim, ferido, endurecido pela experiência e pelos quilômetros da viagem. Perguntou-se se o sorriso duraria até Curuguazú. Lembrou-se do maluco na rua que disse que não se podia sorrir. Sofía tinha percebido algo. Depois de falar por telefone com seu irmão, foi à casa dela e chamou pelo interfone.

— Quem é?

— Sou eu, Sofía. Daniel.

— Ah.

— Posso subir?

— Se quiser.

— Sim, vou subir. Mas antes tenho que comprar uma coisa.

— Não. Não vá, porque não vamos fazer nada.

— O que está querendo dizer?

— Que não compre nada. Não vamos usar, não vai acontecer nada.

— O que está pensando que vou comprar?

— Você sabe muito bem.

— Queria comprar flores para você.

— Odeio flores, suba.

Em cima, quando ela abriu a porta e viu seu curativo, Daniel se deu conta de que ainda não tinha inventado uma mentira para explicar o contratempo.

— Dei uma garrafada na cabeça para que você cuidasse de mim, assim continuaríamos com o lance do outro dia.

— Ah, é?

— Sim. Mas exagerei e tive que ir ao hospital.

— Nossa, sério, o que aconteceu?

— Um cara me deu uma joelhada.

— Se continuar assim, você vai ter que sair à rua de capacete. Por isso você não veio ontem à noite?

— Claro.

— Preciso te dizer que fiquei com ódio de você, e nesta manhã comecei a pensar que foi melhor você não ter vindo, porque na verdade a gente nem se conhece direito.

— Nos conhecemos, sim — disse Daniel.

— Não, não nos conhecemos. Quer ver? Com o que trabalho?

— Não sei. Com o quê?

— Sou secretária no consultório de um médico.

— E o que você está fazendo agora em casa?

— Ele não atende às terças. Vamos lá. Qual é meu sobrenome?

— Não sei.

— Bermúdez.

"Sofía Bermúdez", pensou Daniel, e a olhou. Ela vestia calça jeans e uma regata branca. Estava descalça e com os cabelos molhados.

— Quer ver? De onde conheço Ramiro? — ela continuou.

— Não sei.

— Está vendo? Ángel, o namorado dele, frequentava a mesma aula de teatro que eu.

— Bem, agora eu já sei, já nos conhecemos — disse Daniel, olhando-a fixamente.

— Alguma coisa aconteceu com você — ela disse. — Seu olhar está diferente.

Daniel riu. Agora estavam anunciando a saída do ônibus com destino a Curuguazú. Ergueu a bolsa e caminhou até a plataforma vinte e sete, passando por uma banca de revistas, desviando dos vultos e das bagagens das pessoas que começavam a sair de férias. Enquanto esperava para despachar sua bolsa no bagageiro, viu um casal se despedindo em um longo abraço.

— Já teve namorada? — Sofía tinha perguntado.

— Não — respondera ele. — E você?

— Namorado sério, só uma vez.

— E por que acabou?

— Porque éramos muito diferentes. Ele me escrevia poemas ridículos sobre encontro de almas; achava que o amor é algo espiritual.

— E o que tem de mau?

— Não, não é que tenha algo de mau. O que estou dizendo é que o amor não tem nada a ver com a alma ou o espírito, é o corpo o que importa, o encontro dos corpos, não o das almas.

— E essa é a única coisa de que você se lembra do seu ex-namorado, que ele te escrevia poemas ridículos? Não se lembra de nada bonito?

— De uma coisa, mas é uma besteira.

— O quê?

— Quando ele vinha me buscar de moto, na saída do colégio (eu estava no último ano), passávamos pela Plaza de Mayo, sabe onde fica?

— Sim, ontem passei por ali.

— Bem, passávamos pela Rivadavia, circundando a praça, e ele fazia uma coisa com o cano do escapamento, um barulho tipo um disparo, e os pombos todos voavam feito uma nuvem cinza que se levantava, e os soldados da infantaria da catedral davam um pulinho, como se eles estivessem fazendo a guarda dormindo. Ele adorava fazer isso, e ria alto olhando a revoada de pombos.

— Você é surdo, rapaz? — disse o carregador.

— O quê?

— Estou dizendo que esta bolsa você pode levar em cima, no porta-malas.

Entrou no ônibus. Sua poltrona era do lado direito, à janela. Havia muitos lugares livres; as pessoas não iriam a Curuguazú até mais para a frente, quando começasse o Carnaval. Daniel pôs a mão no assento ao lado, que estava vazio.

— Se você não lavar logo, essas manchas de sangue não saem mais. Tire a camisa que vou deixá-la de molho. Por que está me olhando assim?

— Tiro a camisa?

— Sim, por quê?

— Você se lembra do outro dia, um pouco antes da sua irmã chegar?

— Você não para de pensar nisso!

— E se a gente continuasse de onde paramos, com o assunto das alcinhas?

— Não, não. Isso foi anteontem. Hoje acho melhor sermos amigos, podemos conversar, ouvir música...

Daniel tinha se aproximado devagar, tirando a camisa.

— Daniel, fique aí.

— Você não falou para eu tirar a camisa?

— Sim, mas fique aí — dissera Sofía e saíra correndo entre risadas, para que ele a perseguisse.

O ônibus partia pontualmente; dava marcha a ré, parava com as emissões do sistema de freios e saía para a frente por uma plataforma asfaltada. Era um dia de sol, sem nuvens. Daniel viu que estavam margeando uma favela e, mais adiante, uns depósitos com contêineres empilhados.

Ela tinha corrido até o quarto. Lutaram de brincadeira sobre a cama, entre gargalhadas. Ela sentou-se em cima dele, como se o vencesse.

— Amanhã tenho que voltar para Curuguazú.

— Não tem importância, isso é amanhã.

— Sua irmã não vai chegar?

— Não, foi para Lincoln por uns dias.

— Ah, é?

— Sim — ela disse e abaixou uma alça da regata.

— E ninguém mais tem a chave daqui?

— Ninguém.

— Tem certeza?

— Totalmente — disse ela sorrindo, e desceu a outra alça.

Sofía tinha o cheiro de quem acaba de sair do banho, com esse doce perfume da pele que revela a intimidade do rito da água, sabonete e esponjas.

— Você ficou mudo — dissera, observando-o olhar para ela. Foram tirando a roupa desajeitadamente, se embananando com os fechos, as fivelas e os botões. Ele a tinha envolvido pela cintura com um braço, tinha posto a outra mão sob a cabeça. Ela parecia não querer fechar os olhos, mas em alguns momentos os fechava. Tinha os olhos verdes. Fazia amor pegando-o pelas nádegas para apertá-lo contra si, gemendo em seu ouvido ternamente.

Agora o ônibus ia por umas ruas laterais, passava em frente de uns galpões velhos do Exército. Daniel viu as gruas do porto que surgiam detrás de umas árvores como enormes esqueletos de dinossauro.

Tinha ficado olhando para ela dormindo de bruços, ouvindo os ruídos que enchiam o espaço da tarde: os motores que arrancavam juntos em um semáforo, o vaivém da troca de marchas, os zumbidos que se aproximavam e cresciam, distanciando-se como uma recordação, as batidas rítmicas de uma construção, uma serra elétrica que soava feito uma longa cigarra de verão, as buzinadas agudas, esporádicas, a breve ressonância de uma moto, uma sirene; todo o movimento do dia útil alçando-se como uma arquitetura sonora, uma cúpula invisível sob a qual ela dormia; como se fossem os rumores de seu sonho, o barulho do mundo por trás de suas pálpebras, de suas pestanas, dentro de seu corpo estendido ao longo da cama com a luz de dezembro brilhando na linha de suas costas.

Agora o ônibus virava na avenida Costanera, em direção ao norte. Daniel viu o rio da Prata, a água turva que chegava até o horizonte; pensou que não tinha se lembrado do rio, que andara pela cidade sem pensar que havia uma margem. Talvez essa água fosse a mesma que o ajudara a chegar a Buenos Aires empurrando a balsa. Sentiu que a viagem de volta seria como navegar rio acima. Agora que a água tinha baixado, a paisagem estaria como um morto depois da inundação, a terra esponjosa e malcheirosa, as árvores com coisas estranhas enganchadas nos galhos, coisas trazidas pela correnteza, roupa, tábuas, troncos, feixes de palha seca, e a ressaca de juncos e camalotes cobrindo tudo, presos em recantos, nos vestiários da costa, na piscina do clube, com rãs coloridas e cobras venenosas do norte.

Tinha estado por um momento olhando Sofía dormir, depois ele também acabou dormindo. Ao trocar de posição durante o sono, viu, pela janela do quarto dela, que o céu tinha se iluminado com um resplendor avermelhado; mais tarde, ao acordar, viu que tinha escurecido.

Pediram comida chinesa.

— É só verdura?

— Sim — dissera Sofía. — Os chineses comem isso e vivem até depois dos cem anos.

Daniel tinha ficado calado.

— O que foi? Você não gosta?

— Sim, sim. É que é a primeira vez que penso que tenho vontade de viver muitos anos.

— Eu sempre penso que quero viver muitos anos.

— Eu não. Comecei a pensar assim não faz muito tempo; quando você disse essa coisa dos chineses, me bateu uma vontade de viver até depois dos cem. Não sei por que, antes nunca tinha pensando que a pessoa pode morrer e tal.

— Isso se sente depois de fazer amor. Você era virgem?

— Por quê? Me saí muito mal?

— Não.

— Aqueles gritos foram um...

— Sim, definitivamente "foram um...".

— Orgasmo.

— Definitivamente.

— Nunca tinha presenciado um ao vivo.

— Nunca? Quando foi a primeira vez que você transou?

— Você me conta primeiro a sua primeira vez; depois te conto a minha.

— Tá. Foi aos quinze anos, com um amigo da minha irmã, no banco de trás do carro.

— Que carro? Isso é muito importante.

— Por quê?

— Em Curuguazú dizem que uma coisa é transar em um Chevy, onde se pode fazer todo tipo de acrobacias, e outra, em um Fiat 600, onde tudo fica apertado.

— Olha só que espertinhos vocês são em Curuguazú.

— Meu irmão e os amigos passam o dia todo falando disso, levam as meninas de carro ao Paso de Jaime, um balneário que fica ali perto.

— E você nunca vai?

— Sim, mas para pescar, só.

Daniel notou que o ar-condicionado do ônibus estava ligado. Pensou em tirar o casaco da bolsa, mas estava cansado. Tinham ficado acordados a noite inteira, até a hora em que ele tivera que ir embora para passar na casa de Ramiro, buscar suas coisas. Ao amanhecer, descera pelo elevador como se estivesse desembarcado para sempre num mundo sem mulheres, sem Sofía nem Sabrina Love, sentindo que voltava ao calor escuro de seu quarto de cidade do interior, aos pôsteres desdobráveis da parede e aos latidos longínquos no meio da noite. Uma vez que as mulheres te sobem à cabeça, você está perdido, tinha lhe dito Gagliardi; pensou no taxista enfurecido, berrando da rua para uma mulher.

Viu o aeroporto, os hangares e um grupo de aviões velhos, imóveis sob o sol.

— Podemos passar uns dias na praia. Vamos de carona e armamos uma barraca entre as dunas — ela tinha dito na penumbra acinzentada do amanhecer. — Conheço um balneário meio abandonado que se chama Las Gaviotas. Você pode tirar folga no trabalho, na primeira quinzena de fevereiro?

— Acho que sim — ele tinha dito.

— Eu te espero aqui, e quando você chegar, vamos.

Daniel apoiou a cabeça na janela. O ônibus, já livre dos semáforos, ganhava velocidade. Teria que esperar até fevereiro para voltar a vê-la, faltava mais de um mês. Quem sabe neste ano pudesse tentar ficar para estudar medicina, quem sabe numa pensão, com algum trabalho de meio período... Ficavam para trás as árvores, o parapeito da beira do rio, a cintilação das águas.

— No fim você não me contou como foi a sua primeira vez.

— Ah...

— Como foi? Você se lembra?

— Sim, me lembro bem.

— E?

— Foi com uma atriz pornô.

— O quê?! E te filmaram?

— Não, ficamos sozinhos, uma noite.

— Você pagou quanto?

— Não paguei, ganhei uma espécie de sorteio que fizeram por telefone.

— Sério? Quando foi?

— Eh... Faz um tempo.

— Era uma daquelas mulheres de quem filmam tudo em primeiro plano, tipo um documentário de reprodução humana para extraterrestres?

— Sim.

— E como se chamava?

— Sabrina.

— E o que ela fez com você?

— Você está me entrevistando?

No meio do ônibus havia um televisor no qual passavam filmes. Concluiu que só o ligavam quando viajavam à noite. Na tela apagada refletiam-se os assentos e as cabeças de alguns passageiros. Para distinguir a sua, se balançou de um lado para o outro, até que viu o próprio contorno cinzento, como uma sombra apenas, lá no fundo da tela de vidro. Pegaram a rodovia, as casas foram sumindo à distância e Daniel fechou os olhos para dormir um pouco.

# O sobrinho de Bioy*

Pedro Mairal

É uma noite de dezembro de 1997. Estou assistindo a um programa meio erótico na tevê a cabo, no qual a apresentadora sorteia uma viagem ao Caribe para duas pessoas. Uma ruiva linda. De repente, paira em minha cabeça a ideia de que a viagem poderia ser com a ruiva, mas não é assim. O que aconteceria se sorteassem uma viagem com ela, quantos concorrentes haveria? Ou melhor: e se o sorteio fosse para passar uma noite com ela? Mas para que isso fosse possível, a apresentadora deveria ter um perfil mais de *porn star*. Nos Estados Unidos, algumas atrizes pornô têm seu próprio programa na tevê a cabo. E se fosse uma estrela pornô argentina? E se o ganhador do sorteio fosse um adolescente virgem, que mora longe, no interior, e que não tem um centavo? Desligo a televisão e, antes de dormir, anoto em meu caderno de ideias: adolescente ganha em sorteio uma noite com estrela pornô.

Nas férias me emprestaram um chalé em um clube de campo. As quadras de futebol vazias, a piscina olímpica deserta, o salva-vidas sob o guarda-sol cuidando de ninguém, tudo isso me deprime. Me fecho para escrever minha história. Dou de presente para minha namorada um romance de mil páginas, para assim ter tempo e silêncio. Ela quer casar, eu digo que não temos dinheiro. Escrevo sentado na beira da cama com o laptop em uma cadeira. Postura ruim. Avanço. Acho que é um conto longo, mas

* Publicado em *Maniobras de evasión*. Santiago do Chile: Ediciones UDP, 2015.

lá pela metade começo a desconfiar de que é um romance curto. Nunca escrevi nada tão extenso; tenho alguns contos inéditos e um livro de poemas, textos breves. Isto parece outra coisa, mas não me detenho, deixo que a história me conduza. Meu personagem, adolescente e virgem, sai de sua cidadezinha inundada para pedir carona na estrada até Buenos Aires. Já estamos em movimento e é preciso ver o que o caminho nos traz. Não há como voltar. Lá no horizonte, nos espera, na cama, a grande estrela pornô Sabrina Love.

Quando o verão acaba, ponho para circular o manuscrito lacrado entre meus amigos da oficina literária. Eles o levam para Córdoba na Semana Santa e me devolvem com anotações e rasuras. Guardo-o desse jeito em uma gaveta da minha escrivaninha. Me esqueço dele até a metade do ano, quando meu amigo Julián me passa as regras de um concurso. Primeira edição do Prêmio Clarín de Romance, cinquenta mil pesos, jurados: Bioy Casares, Roa Bastos, Cabrera Infante. Não tenho chance, mas leio uma cláusula que diz que a editora se reserva o direito de publicar as obras que, mesmo sem terem sido premiadas, lhes parecer interessantes. Ponho nisso toda a minha esperança. Sento-me para corrigi-lo, releio e depois imprimo as cópias do manuscrito. Levo-as no último dia de inscrição e, na fila, olho para o pátio onde estão empilhados oitocentos romances que concorrem nesse ano, multiplicados pelas três cópias requeridas nas regras: 2400 documentos lacrados em pilhas e torres prestes a desmoronar. Volto de ônibus, olhando o papelzinho que me entregaram com um número, um selo, o título do meu romance e meu pseudônimo: Simón.

Meses se passam sem novidades. Sigo dando meus cursos de escrita, minhas aulas como professor adjunto de Literatura Inglesa. Minha namorada e eu nos mudamos para um apartamento próximo ao Hospital Rivadavia, em uma área que meu pai chama de "o bairro da penitenciária", porque ali ficava o

Presídio de Las Heras, até que o demoliram nos anos 1960. Escolhemos cortinas, escolhemos colchas, agradecemos pelos móveis emprestados. Em meados de outubro anunciam que os nomes dos dez finalistas sairão no jornal de domingo. Desço cedinho, compro um exemplar na banca da avenida e, já subindo pelo elevador, procuro com pressa entre as páginas. Encontro a lista: ali está. Meu título e meu nome entre outros nove. Terror e alegria. Minha namorada chora e não sabe por quê. Depois de vários dias de nervosismo e especulações insones, os organizadores do prêmio me telefonam para avisar que estou entre os quatro finalistas e que vão passar para me buscar na sexta-feira à tarde para me levar à cerimônia num hotel cinco estrelas. Minha mãe me manda comprar um terno. Obedeço. Olho-me no espelho enquanto provo um paletó azul-escuro com ombreiras; o alfaiate da loja me toma as medidas. Na sexta, chego ao salão do hotel quando ainda estava vazio. Por um radiotransmissor ouço dizerem: Já estou com ele, já chegou. Estarão falando de mim? Na noite anterior não consegui dormir nem um minuto sequer. Tudo parece meio irreal. Minha imagem de terno e gravata. Os famosos que vão chegando. A grande máquina de multimídia em marcha. Escritores, atores, deputados, músicos. Mercedes Sosa e Roa Bastos — e Bioy Casares. Não encontro ninguém conhecido, não tenho a quem cumprimentar, não me dão informações. Quem serão os outros três finalistas? O salão vai ficando cheio e eu permaneço parado em meio a esse grande coquetel repleto de rostos desconhecidos. Começa a cerimônia. Tudo é transmitido ao vivo no telejornal das oito. Meus amigos assistem em suas casas. Do palco, os apresentadores, Canela* e o ator Leonardo Sbaraglia, nomeiam os indicados, falam do prêmio, da

---

* Gigliola Zecchin (1942), conhecida como Canela, é uma jornalista, apresentadora de televisão e escritora ítalo-argentina. [N. T.]

cultura, dos jurados, do júri da pré-seleção. Por fim descrevem amplamente o argumento do romance vencedor: um adolescente de Entre Ríos empreende uma viagem para Buenos Aires... O título do romance vencedor é *Uma noite com Sabrina Love*. Meu Deus. Em seguida dizem meu nome. Ninguém me conhece. E acontece o Big Bang.

Tenho vinte e oito anos, mas cara de dezoito, e estou me atomizando, me multiplicando em telas de televisores de todo o país com meu terno azul e minha cabeleira escolar e as poucas frases que digo, nervoso; entre elas, agradeço aos meus amigos, que me ajudaram a corrigir o livro. Depois me dão uma estatueta e uma caixa discreta com o cheque (por sorte não existem cheques gigantes). Cinquenta mil pesos que são cinquenta mil dólares. Lá se vai por água abaixo a desculpa para não casar. Roa Bastos me cede sua cadeira, fico entre ele e Bioy, que me diz: Desatei a ler o seu romance e não consegui largá-lo até acabar. O mundo está ao contrário. Quando quero agradecer a ele, alguém me levanta pelo braço e dois políticos, com uma habilidade surpreendente, me abraçam diante de um flash, e quando quero cumprimentar Mercedes Sosa, me arrastam a uma sala contígua, para me entrevistar. Pelo caminho, alguns sorrisos são como um insulto, e a deputada/atriz Irma Roy me diz: "Você é uma criança, que Deus te abençoe".

Capa do jornal do dia seguinte. Foto grande com Bioy em expressão cúmplice quando me disse sua frase generosa. Um jovem de vinte e oito anos, Prêmio Clarín de Romance. Acima, em letras maiores: "Espanha insiste com o processo contra Pinochet". É sábado, 31 de outubro de 1998. De manhã cedo, o editor vem à minha casa para pegar o disquete onde está gravado o romance. Ainda não tenho conta de e-mail. Nem conta bancária. Na segunda-feira saio para abrir uma. Sou aquele que vai lá, que atravessa a avenida fora da faixa, estou passando, sem saber, do circuito afetivo-artesanal do meu livro de poemas para a órbita do universo editorial, sem escalas. Vou distraído e escuto uma freada. Uma moto quase passa por cima de mim. O tipo me insulta. Ando como se estivesse perdido, feliz e desconfiado. Chovem cumprimentos sobre mim, no entanto calúnias escorrem por debaixo das portas. Ganhou porque deve conhecer Bioy Casares, o pai deve ser advogado do *Clarín*. Rodrigo Fresán me telefona para me dar os parabéns. Bem-vindo ao tanque dos tubarões, ele diz. Compro uma secretária eletrônica.

Minha história e a do meu personagem se confundem um pouco. A avó de um amigo se espanta com o fato de um jornal tão importante ter me premiado por uma noite com uma prostituta. Meu rosto sai na capa do suplemento cultural por dois sábados seguidos. Dou entrevistas para rádios. Em uma, bem cedo e à queima-roupa, me perguntam por telefone: Pedro Mairal, você acredita no destino? Que pergunta para esta hora da manhã, digo, e escuto um desarranjo técnico e uma voz do controle, que diz: Vamos outra vez, explique a ele que o programa vai ao ar à tarde. Como você trabalhou o tema erótico no romance? Venho me documentando desde os doze anos. O que vai fazer com o dinheiro? Não sei. Viajar. Viver um tempo sem pensar em dinheiro. Dou entrevistas na televisão. Ainda não sei contar bem a história do livro. Trata-se de um adolescente que ganha uma noite com uma apresentadora de tevê, digo à apresentadora do programa. Acho que quero evitar a palavra pornô, e então não fica claro. A apresentadora sente-se levemente ofendida. À minha esquerda, outro ganhador de outro concurso começa a ficar azul. O programa é transmitido ao vivo. Ele quer tossir. Para mudar de assunto, lhe perguntam alguma coisa. Ele explode em uma tosse incontrolável. Dão a ele um copo d'água. A televisão é assim. Em outro programa percebo que o apresentador, meio gordo, não leu nada do livro. Ele olha de viés para a orelha do exemplar até para dizer meu nome. Eu, pensando que isso era um *Bouillon de culture*, de Bernard Pivot,* li os outros convidados para poder dizer algo e não ficar ali feito um novato. Quando o escritor grisalho começa a falar sobre seu livro, eu intervenho, dizendo que gostei muito e que algumas paisagens me lembravam da obra de um pintor, mas minha interrupção o ofusca. Começo a entender que cada um vai com seu discurso preparado, que cada um tem a sua vez de contar seu livro, e que a coisa é assim. Abro os olhos para um novo paradigma. A máquina de vender livros está funcionando e eu estou dentro dela. Convidaram você para o programa de televisão não por curiosidade, não por interesse, não porque gostaram do seu livro: te convidaram porque a assessoria de imprensa da editora conseguiu te pôr na programação. Bem-vindo ao mundo dos narradores pós-atômicos. Isso não é como na poesia. Aqui não há tribo, nem leituras coletivas, nem cerveja. Cada um fechado em seu romance, aguentando a radiação.

Meu livro é vendido até em bancas de revistas. Desprestigiaram Roberto Arlt dizendo que era um escritor de banca. A mim parece um grande feito. Um dia, perto do Natal, subo pela escada de um shopping e lá está Papai Noel com um menino nos joelhos. De repente ele me vê e aponta para mim. Hesito, mas o dedo me segue. Sou tomado por um terror infantil. O que fiz de errado? Se o Papai Noel te aponta é porque você fez algo errado. Agora todos os papais-noéis do mundo vão querer me matar. Em seguida ele sorri e levanta o polegar. Papai Noel me reconheceu. O livro é bastante lido. Em uma mesma viagem de elevador, no meu trabalho, uma secretária me diz que está na metade, um cadete diz que acabou de terminar. No ônibus, vejo uma garota lendo o romance, mas não

---

\* *Bouillon de culture* é um programa de televisão francês apresentado pelo jornalista Bernard Pivot (1935), presidente da Académie Goncourt. [N.T.]

digo nada. Em geral as críticas e resenhas que saem são boas, embora às vezes nota-se que estou sob o fogo cruzado de grupos midiáticos poderosos. Estão escrevendo uma nota sobre mim para um suplemento, não me esclarecem muito bem qual. O fotógrafo me sugere fazer uma foto sem camisa, à la Jim Morrison. Digo que não. Propõe alternativas, algumas acrobáticas. Tem que ser algo divertido, ele diz. No fim, negocio um salto de uma cadeira, e penso assim diminuir o ridículo. Dias depois, num McDonald's, meu amigo Martín se engasga com o Big Mac quando vê minha foto: eu, pulando, suspenso no ar, na contracapa do suplemento Mulher.

Me caso, mas postergo a lua de mel porque o diretor de cinema Carlos Sorín me telefona; ainda não tinha feito *Histórias mínimas* ou *O cachorro*. Quer escrever um longa. Leu meu livro, mas me propõe escrever outra coisa, uma história sobre um professor que encontra um filme de Gardel que se acreditava perdido. Trabalho com Fabián Bielinsky, o futuro diretor de *Nove rainhas*. Discutimos cenas, tramas, diálogos, estruturas. Nos reunimos à tarde, em uma produtora do bairro de Núñez, e a todo momento vamos à varanda porque Bielinsky quer fumar. Vemos passar os trens e falamos de cinema. Nós dois estamos esperando novidades da Patagonik, a produtora que comprou os direitos de seu roteiro de *Nove rainhas*, e também os direitos de *Uma noite com Sabrina Love*, para adaptá-lo ao cinema. Não sabemos o que vai sair de tudo isso. Estamos um pouco em stand-by. O longa que escrevemos com Sorín nunca começa a ser filmado. Mas tenho dinheiro e vou para a Grécia de lua de mel. Quase me afogo na ilha de Naxos, quando tentei demonstrar que sou um grande windsurfista. Vão me buscar em uma lancha e me resgatam das garras de Poseidon.

Quando volto para a Argentina, já se está discutindo sobre qual atriz fará o papel de Sabrina Love na adaptação do romance. Victoria Abril, Monica Bellucci, Cecilia Roth.

Proponho uma vedete monumental, mas não me escutam. Quem vai dirigir será Alejandro Agresti, que tinha feito *La cruz* e *Buenos Aires viceversa*. Não participo do roteiro. Vou aprendendo, à força de pequenos golpes no amor-próprio, que, agora, *Uma noite com Sabrina Love* é o filme do diretor, e que eu, como autor do livro, não apito nada. Para isso te pagam, para que você não atrapalhe. Me convidam para ir ao set de filmagem. Cecilia Roth está vestida de Sabrina Love, com roupas de *porn star*, salto alto de acrílico e um grande vibrador nas mãos. De repente lhe dizem que estou ali e ela se aproxima gritando Mairal!. De novo um terror profundo, desta vez porque vem para cima de mim meu personagem agitando um pau de borracha gigante e gritando meu nome. Estão filmando a parte do show de Sabrina. Passam as garotas de peitos de fora, caras lubrificados de sunga, chega Charly García — em sua época de maior fissura — para a cena da jacuzzi com a *porn star*. Veja tudo o que você provocou, me diz Agresti. Explicam-me que conseguiram uma balsa com animais para a cena da inundação, e que vão filmá-la de um helicóptero. Eu intimamente penso que esses caras estão loucos, que não havia a necessidade de concretizar todas essas coisas imaginadas por mim impunemente, na solidão. Se eu tivesse escrito uma cena de um sujeito que pula pela janela, esses caras iam empurrar alguém, penso. Aos poucos, compreendo que as pessoas do cinema são assim: a palavra, para eles, não é a coisa em si, e sim uma instância anterior.

Em 8 de junho de 2000 vou à estreia. Há um grande alvoroço por parte da imprensa. As estrelas se cumprimentam, os flashes os anunciam. Me somo à arena, mas ninguém me reconhece. Pus o mesmo terno do prêmio, só que sem gravata. Sou o homem invisível, asseadíssimo e penteado. Sento-me para assistir ao filme. Que chatice, o amor-próprio. Que sensação mais esquisita. Mistura de usurpação e lisonja. Por alguns instantes gloriosos, as imagens melhoram a minha história, mas de repente me afundo na impotência, como se tivessem feito uma cirurgia plástica em um filho meu. Subo e desço nessas emoções, como numa montanha-russa. Boris Vian morreu num cinema da Champs-Élysées enquanto via a adaptação de seu romance *Vou cuspir no seu túmulo*. Foi tirado de lá com os pés para a frente. Eu saio vivo, mas demoro anos para assimilar o choque.

Agora, Cecilia Roth está na capa da segunda edição do livro. Ela vai ao programa de Susana Giménez* e lhe dá um exemplar de presente. Por causa do filme, o título do meu romance entra no disco rígido das pessoas. Você trabalha com o quê?, me pergunta o taxista. Sou escritor. E o que escreve? Escrevi *Uma noite com Sabrina Love*. Foi você que escreveu?, ele diz virando-se para trás. Em um programa de perguntas e respostas, um participante deve responder à seguinte questão: Quem é o autor do romance *Uma noite com Sabrina Love*? Carlos Onetti, Pedro Mairal ou Rubén Darío? O competidor vacila: Eh... Rubén Darío? Não, que pena, você perdeu cinco mil pesos. Uma égua puro-sangue que corre no hipódromo ganhou o nome de Sabrina Love. Também chamam assim uma garota cujo nome é Sabrina e que participa do reality *El Bar*, do canal América. Meu livro é publicado na Espanha e começa a ser traduzido: para o polonês, o alemão... *Eine Nacht mit Sabrina Love*. Faço notas para uma história sobre um escritor que enlouquece com a adaptação de seu livro para o cinema e acaba matando o diretor. Nunca a escrevi. Me refugio de todo esse ruído escrevendo poemas e um livro de contos, que avança devagar. No ano seguinte nasce meu filho.

---

* Uma das maiores personalidades do entretenimento argentino, Susana Giménez (1944) é apresentadora de televisão, atriz e ex-vedete. [N.T.]

Certa noite estou com Fabián Casas e Washington Cucurto no carro. Eu dirijo. Procuramos o lugar onde funciona uma rádio à qual Fabián tem que ir para falar de seu livro de poemas. É noite e não encontramos a rua, mas viemos falando de muitas coisas ao mesmo tempo. Damos voltas e voltas, por momentos nos esquecemos do que estamos procurando. Conto a eles, um pouco aflito, alguns episódios do clima ruim que havia desde que ganhei o prêmio, essa espécie de desconfiança que te rodeia a partir do momento em que você ganha um concurso literário. Por exemplo: minha irmã foi comprar meu romance em uma livraria e perguntou ao livreiro que tal era esse Mairal, e o homem respondeu: É o que ganhou o Prêmio Clarín, porque é sobrinho do Bioy Casares. Cucurto e Fabián começam a rir. Estamos parados no semáforo, olho para eles. A boca aberta dos dois em plena gargalhada. Choram de rir. Tenho uma epifania estranha, curativa. As gargalhadas me contagiam e arrancamos. Acho que entendo que tudo isso é uma grande bobagem e que essa é a minha tribo. A tribo lírica desta "Gran llanura de los chistes" ["Grande planície das piadas"], como diz Lamborghini.* Quando saímos da rádio, vamos para um bar. Parecia que tínhamos viajado por várias horas. Pedimos uma cerveja e Fabián faz uma dedicatória para mim em seu livro: "Com um abraço grande para o sobrinho de Bioy".

---

\* "Gran llanura de los chistes", conto do argentino Osvaldo Lamborghini (1940-85), é como o escritor e poeta se refere à Argentina. [N.T.]

*A tradutora agradece a Mauro Deorsola.*

*Una noche con Sabrina Love* © Pedro Mairal, 1998
c/o Indent Literary Agency
www.indentagency.com

Todos os direitos desta edição reservados à Todavia.

Grafia atualizada segundo o Acordo Ortográfico da Língua
Portuguesa de 1990, que entrou em vigor no Brasil em 2009.

capa
Julia Masagão
ilustração de capa
Adams Carvalho
composição
Marcelo Zaidler
preparação
Manoela Sawitzki
revisão
Ana Alvares
Tomoe Moroizumi

Dados Internacionais de Catalogação na Publicação (CIP)

— —

Mairal, Pedro (1970-)
Uma noite com Sabrina Love: Pedro Mairal
Título original: *Una noche con Sabrina Love*
Tradução: Livia Deorsola
São Paulo: Todavia, 1ª ed., 2019
160 páginas

ISBN 978-65-80309-58-0

1. Literatura argentina 2. Romance
I. Deorsola, Livia II. Título

CDD 868.9932

— —

Índice para catálogo sistemático:
1. Literatura argentina: Romance 868.9932

**todavia**
Rua Luís Anhaia, 44
05433.020 São Paulo SP
T. 55 11. 3094 0500
www.todavialivros.com.br

fonte
Register*
papel
Munken print cream
80 g/m²
impressão
Geográfica